コーンフィールド先生と ふしぎな動物《どうぶつ》の学校 2

校庭《こうてい》は穴《あな》だらけ！

Die Schule der Magischen Tiere
Voller Löcher !
Margit Auer

マルギット・アウアー 著
中村 智子 訳

さあみんな、冒険《ぼうけん》の始《はじ》まりだよ！

【登場人物紹介《とうじょうじんぶつしょうかい》】

コーンフィールド先生

ヴィンターシュタイン学校の女の先生。ちょっぴりきびしいのは、生徒《せいと》のためだと思っている。生徒《せいと》のうち、だれが悩《なや》んでいるのかも、きちんとわかっているらしい……。

モーティマー・モリソン

ペットショップ「マジック動物《どうぶつ》ハウス」の主人《しゅじん》。店《みせ》にいるのは、人の言葉《ことば》を話すふしぎな動物《どうぶつ》たち。自分《じぶん》でもふしぎな動物《どうぶつ》、いたずら好《ず》きのカササギ、ピンキーを飼《か》っている。

ふしぎな動物《どうぶつ》たち

「マジック動物《どうぶつ》ハウス」でくらしている。コーンフィールド先生とモリソンさんが選《えら》んだ生徒《せいと》との出会いを、心待《こころま》ちにしている。

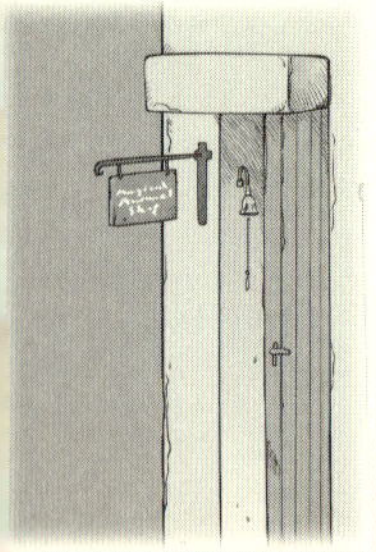

永遠《えいえん》の親友《しんゆう》を手に入れた生徒《せいと》とふしぎな動物《どうぶつ》たち！

イーダ

キツネのラバット

イーダとキツネのラバット

どっちが賢《かしこ》いかって？　どっちかに決《き》めるのはむずかしいかも。イーダに聞けば、「わたし！」と答えるだろうし、ラバットに聞けば「ぼく！」と答えるだろうから。

ベニー（ベンジャミン）とカメのヘンリエッタ

冒険好《ぼうけんず》きのヘンリエッタは次《つぎ》の冒険《ぼうけん》を心待《こころま》ちにしている。さて、ベニーは？　心配《しんぱい》ご無用《むよう》。ヘンリエッタが、きっと新《あら》たな冒険《ぼうけん》に連《つ》れだしてくれるよ！

ベニー（ベンジャミン）

カメのヘンリエッタ

ジョー

ペンギンのユーリ

ジョーとペンギンのユーリ

自分《じぶん》は、女の子の人気の的《まと》と思っているジョー。毎朝、身《み》だしなみを整《ととの》えるのに夢中《むちゅう》で、バスルームからなかなか出てこない。学校の池で泳《およ》いだあとのユーリの身《み》だしなみチェックは、もっと時間がかかる。

たくさんの動物《どうぶつ》と生徒《せいと》が登場《とうじょう》するよ――次《つぎ》にふしぎな動物《どうぶつ》をもらうのはだれ？

★女王《じょおう》さま気質《きしつ》のヘレーネ

★ちょっと内気《うちき》なアンナ・レーナ

★気のいいショキー（ザームエル）

もくじ

E《イー》メール：西《にし》アフリカ、セネガル共和国《きょうわこく》、ダカールより送信《そうしん》
差出人《さしだしにん》：mortimer.morrison @ oxo.com
宛《あて》　先《さき》：teacher-mary @ oxo.com

ハロー、メアリー！

　今《いま》、ダカールのインターネットカフェにいる。ここはえらくうるさいところだよ。まわりでは、サッカーの勝《しょう》利《り》を祝《いわ》っているらしい。子どもたちも、ものすごいボリュームで音楽を聞いているし、耳が痛《いた》くてしょうがない！

　これから急《いそ》いで必要《ひつよう》なものを調達《ちょうたつ》して、*蚊帳《かや》を直《なお》したら、街《まち》をたつよ。

　ニョコロ・コバ国立《こくりつ》公園にはあした到着《とうちゃく》する予定《よてい》。なにが待《ま》ちうけているだろうね。わくわくするよ。バスがこわれないといいな。ゾウがいっしょに来《き》たがるかもしれないからね。

　それでは。

モーティマー

追伸《ついしん》：生徒《せいと》たちに誓《ちか》いの言葉《ことば》を思いださせるように！
重要《じゅうよう》なことだよ！

*蚊帳《かや》：蚊《か》をふせぐため、つりさげて寝床《ねどこ》をおおう網状《あみじょう》の布《ぬの》。

はじまりの話

穴《あな》、穴《あな》、穴《あな》。どこを見ても穴《あな》だらけ！　西《にし》アフリカの道路《どうろ》はでこぼこです。古《ふる》めかしくて、けばけばしい色のバスが、穴《あな》だらけの道《みち》を、砂《すな》ぼこりを巻《ま》きあげながらガタガタ走《はし》っています。バスは、セネガルのニョコロ・コバ国立公園《こくりつこうえん》へ向《む》かっているのです。

運転席《うんてんせき》でモーティマー・モリソンがぶつぶつ、つぶやいています。「こんなしんどい旅《たび》をするんだから、成果《せいか》があるといいな。カバにオナガザル、ほかにもたくさん動物《どうぶつ》がいるはずだからな……」

モリソンさんは、バックミラーにちらりと目をやり、からっぽの後部座席《こうぶざせき》を見ました。ひとりぼっちの旅《たび》もあと少《すこ》しです。助手席《じょしゅせき》に広げられたパンフレットには、《国立公園内《こくりつこうえんない》では案内人《あんないにん》のつきそいが必要《ひつよう》です》とあります。

「ふふん！　ぼくの動物《どうぶつ》さがしをそんなことで、止《と》められやしないさ」モリソンさんはぶつぶつ言《い》いました。

ふしぎな動物《どうぶつ》さがしは、モリソンさんひとりでなければできません。

真夜中《まよなか》の国立《こくりつ》公園。モリソンさんは、バスを竹林《ちくりん》の横《よこ》に止《と》め、ふしぎな動物《どうぶつ》をさがしに出発《しゅっぱつ》しました。公園の監視人《かんしにん》なんて、ちっとも怖《こわ》くありません。真《ま》っ暗《くら》やみでもへっちゃらです。動物《どうぶつ》たちの声に引《ひ》きつけられて、モリソンさんは森の奥《おく》へとどんどん入っていきました。

一頭《とう》のガゼルが水のみ場《ば》で水をのんでいます。うとうとしているヒヒもいれば、茂《しげ》みのかげで身《み》を低《ひく》くして、レイヨウが通るのを待《ま》ちかまえているヒョウもいます。

夜《よる》のサバンナは生き生きとしています。アフリカスイギュウが、バオバブの木の下で草を食《は》み、ハイエナがほえ、カバが大きな口をあんぐり開《あ》けています。

モリソンさんはさまざまな動物《どうぶつ》を観察《かんさつ》しましたが、ふしぎな動物《どうぶつ》には出会いま

＊セネガル：アフリカ西部《せいぶ》の共和国《きょうわこく》。首都《しゅと》はダカール。

せんでした。さすがのモリソンさんも、へとへとにつかれきっていました。それでも、革《かわ》のブーツをはいた足で、とぼとぼと細い道《みち》を歩きつづけました。ネズミガシラハネナガインコ、シロガオリュウキュウガモ、ハネジネズミ――どの動物《どうぶつ》も、モリソンさんが呼《よ》びかけても答えてくれません。聖《せい》なる甲虫《こんちゅう》として崇拝《すうはい》されているタマオシコガネですら、モリソンさんに見向《みむ》きもしません。スカラべとも呼《よ》ばれるこの虫は、動物《どうぶつ》のフンを自分《じぶん》の体よりも大きくなるまで転《ころ》がします。

モリソンさんはがっかりし、バスに引《ひ》きかえすことにしました。

「今夜《こんや》はもう寝《ね》てしまおう。あした、再挑戦《さいちょうせん》だ」

モリソンさんが、つかれた体を引《ひ》きずりながらバスにもどってくると、一匹《ぴき》の動物《どうぶつ》が待《ま》ちかまえていました。赤茶色《あかちゃ》の動物《どうぶつ》です。太《ふと》くて短《みじか》い足、長いひげ、それに、耳の先には白い毛が生えています。

「*アカカワイノシシ！」モリソンさんは驚《おどろ》きました。

アカカワイノシシは、やわらかい鼻先《はなさき》をあげて言いました。「モーティマー・

＊アカカワイノシシ：西《にし》アフリカから中央《ちゅうおう》アフリカに生息《せいそく》するイノシシ科《か》の動物《どうぶつ》。森林《しんりん》などで群《む》れで生活《せいかつ》し、植物《しょくぶつ》の根《ね》や果物《くだもの》などを食べる。

モリソンさんかい？　おいら、ペペローニ。いっしょに連《つ》れていってよ」

モリソンさんはほほえみました。「喜《よろこ》んで。夜《よる》が明けたらすぐに出発《しゅっぱつ》だ」

モリソンさんはさっそくキャンプの準備《じゅんび》にとりかかりました。それから間《ま》もなく、蚊帳《かや》の中に寝《ね》ころび、夜空《よぞら》を見上げました。となりから、小さなイノシシのいびきが聞こえてきます。ふたりとも、もうずいぶん長いこと味《あじ》わったことがないほどの幸《しあわ》せをかみしめていました。

ひみつ

月曜日。授業《じゅぎょう》がおわり、イーダとキツネのラバットは家《いえ》へ向《む》かって歩いていました。するとそのとき、バイオリンの演奏《えんそう》が聞こえてきました。しなやかなメロディーが、宙《ちゅう》にただようように流《なが》れてきます。イーダは足を速めました。

「ミリアムなの？」イーダは小さな声で呼《よ》びました。それからもう一度《ど》、いくらか大きな声で呼《よ》びかけました。イーダはこのメロディーを知っています。アントニオ・ビバルディ*の協奏曲《きょうそうきょく》『四季《しき》』の中の『秋《あき》』の一節《せつ》で、ミリアムのお気に入りの曲《きょく》です。

イーダはかけだしました。ラバットは驚《おどろ》いて、とことことイーダを追《お》いかけます。ところが、イーダがとつぜん立ちどまったので、ラバットはイーダの足に衝突《しょうとつ》しそうになりました。思ったとおり。聖《せい》ヨハネ広場《ひろば》の真《ま》ん中《なか》にある背《せ》の高いマロニエの木の下に、イーダが引《ひ》っ越《こ》す前に同じ学校だった親友《しんゆう》ミリアムがいます。

ミリアムは、長いことイーダに連絡《れんらく》をくれませんでした。それなのに、今《いま》、ストライプのタイツをはいたミリアムは、バイオリンを手に持《も》ち、いつもそこにいるかのように、演奏《えんそう》に没頭《ぼっとう》しています。バイオリンの弓《ゆみ》が弦《げん》の上でおどっています。そして、足元《あしもと》には開《ひら》いたバイオリンケースがあります。

「なんてきれいな音楽だろう！」ラバットはささやきました。ふしぎな動物《どうぶつ》たちは、自分《じぶん》がつきそう人間《にんげん》と会話《かいわ》ができます。ラバットのパートナーはイーダです。

イーダはほこらしげにほほえみました。その瞬間《しゅんかん》、バイオリンを弾《ひ》いていたミリアムがさけびました。「イーダーッ！」

バイオリンの弓《ゆみ》がキーッと音をたてました。

ミリアムはイーダに飛《と》びつき、体が痛《いた》くなるほど強《つよ》くだきしめました。「さみしかった！」ミリアムはささやきました。

イーダも小さな声で答えました。「わたしもよ！」

ミリアムの体は温《あたた》かく、なんだかほっとします。それに、あいかわらずリンゴ

＊**ビバルディ**：（一六七八〜一七四一年）イタリア、ベネチア出身《しゅっしん》の作曲家《さっきょくか》、バイオリニスト。

の香《かお》りがします。ミリアムがいつも使《つか》っているシャンプーのにおいです。けれども、これまでとすべてが同じわけではありません。ふたりが最後《さいご》に会ったときから、多くのことが変《か》わってしまいました。今《いま》、イーダはミリアムとちがう町でくらしています。それに、ちがう学校に通っています。なにより、イーダにはひみつができてしまいました……。

イーダは、自分《じぶん》をだきしめているミリアムの腕《うで》をそっとほどきました。キツネのラバットは、イーダのひざの裏側《うらがわ》を鼻先《はなさき》でつつくと、興味津々《きょうみしんしん》にイーダとミリアムの顔をかわるがわる見ました。ミリアムのことは、イーダからなんども聞いています。そして今《いま》、キツネはパートナーの親友《しんゆう》と知り合いたくて、うずうずしていました。

「ミリアムったら、ここでなにしてるの？」イーダは驚《おどろ》いて言いました。

ミリアムは顔をかがやかせてイーダを見ました。「びっくりしたでしょ！　学校が二週間、お休みになっちゃったの」

「お休みになった?」イーダはとまどっています。「でも、休みのシーズンなんかじゃないでしょ」

ミリアムはうなずき、満面《まんめん》に笑《え》みをたたえました。「そのとおり。ねえ、ねえ、この間のひどい嵐《あらし》の話、聞いているでしょ? さあ、当ててみて。なにがあったと思う? じつはね、学校の屋根《やね》がふきとばされちゃったの! すっかりなくなっちゃったのよ」ミリアムはクスクス笑《わら》いました。「先生たちは失神寸前《しっしんすんぜん》! それで特別《とくべつ》に、学校がお休みになったというわけ。屋根《やね》の修理《しゅうり》がおわるまでね。だからその間、イーダのところへ行きたいって、パパとママを説得《せっとく》して、あなたの両親《りょうしん》にお願《ねが》いしてもらったの。ねえ、どう!?」ミリアムはイーダを見つめてうきうきしています。

「すてき!」と、イーダは言いました。ミリアムが来てくれたとは、驚《おどろ》きです。

イーダは長年の親友《しんゆう》に再会《さいかい》できて、大きな喜《よろこ》びを感《かん》じていました。できることなら、新しい学校に通《かよ》い始《はじ》めてから、これまでにおこったわくわく、ドキドキの体験《たいけん》のすべてを、今《いま》すぐに話したいと思いました。

新しい学校で、はじめはとてもさみしい思いをしたこと。ある日、教室に、ペットショップ「マジック動物《どうぶつ》ハウス」の主人《しゅじん》モリソンさんがやってきて自己紹介《じこしょうかい》をしたときのこと。モリソンさんに「ふしぎな動物《どうぶつ》」、キツネのラバットをさずけてもらったときのこと。そして、ラバットと出会《であ》った瞬間《しゅんかん》に、これ以上望《いじょうのぞ》むことがないほど理想的《りそうてき》な親友《しんゆう》だと感《かん》じたことを。

けれどもイーダは、モリソンさんと担任《たんにん》のコーンフィールド先生と誓《ちか》いあった言葉《ことば》を思いだしました。ぜったいに、ひみつをもらさない、という誓《ちか》いの言葉《ことば》です。誓《ちか》いの言葉《ことば》がイーダの頭《あたま》をよぎりました。

なにがあろうと、決《けっ》して、だれにも話さない。
マジック動物《どうぶつ》ハウスはここだけのひみつ。
永遠《えいえん》に、いつまでも。

決《けっ》して、だれにも話さない。誓《ちか》いの言葉《ことば》の中で、はっきりとうたわれています。けれども、ミリアムはイーダの親友《しんゆう》です。一番《ばん》の友だちにかくしごとをするなんて、おかしくないかしら？

「ねえ、うれしくないの？」ミリアムは、イーダの表情《ひょうじょう》を見て、心配《しんぱい》になりました。

イーダはひざをふるわせながらラバットを見ました。そのときイーダは、ラバットが自分《じぶん》の気持《きも》ちを読みとってくれているように感《かん》じました。

「心配《しんぱい》しないで、赤毛ちゃん。なにもかも、うまくいくさ！」ラバットは小さな声で言いました。

イーダは深呼吸《しんこきゅう》し、親友《しんゆう》をだきしめました。「もちろん、うれしいわよ。それも、とってもね！　びっくりしすぎちゃっただけ。さあ、うちに行こう」

ミリアムはバイオリンをケースにしまい、ふたをしめました。

「バイオリンを弾《ひ》いたけど、だれからもチップをもらえなかった。それでアイスクリームをおごってあげるつもりだったのに」と、ミリアムは言いました。

けれどもイーダは、半分上《うわ》の空でした。ミリアムにはラバットの姿《すがた》が見えていないようです。モリソンさんの説明《せつめい》どおりです。マジック動物《どうぶつ》ハウスのひみつを知っている人にしか、ふしぎな動物《どうぶつ》の姿《すがた》は見えないのです。知らない人は、動物《どうぶつ》たちの存在《そんざい》には、ほとんど気がつきません。たいていの人は、動物《どうぶつ》たちに注意《ちゅうい》をはらっていません。それに、見《み》えたとしても、せいぜい影《かげ》が動《うご》いたようにしか感《かん》じないのです。それだけではありません。ふしぎな動物《どうぶつ》たちには特別《とくべつ》な技《わざ》があります。動物《どうぶつ》たちは〝石になる〟ことができます。かたまって動《うご》かなくなってしまうのです。そうすると、動物《どうぶつ》たちは、どこにでもあるぬいぐるみのように見え、人の目をごまかせるのです。

ミリアムは親友《しんゆう》の顔を見つめ、心配《しんぱい》そうにたずねました。「イーダ、だいじょうぶ？　なんだかおかしいよ。どうしてなにも言わないの？」

「えーっと……」イーダは言葉《ことば》につまり、自分《じぶん》の赤い髪《かみ》を引《ひ》っぱりました。「早く中へ入ろうよ。話したいことがあるの。ひみつの話よ！」

ミリアムはにっこり笑《わら》いました。「わたし、ひみつって大好《だいす》き！　さあ、行こう！」ミリアムはさっとリュックサックをかつぎ、マロニエの木の横《よこ》においてあったバッグをつかみました。

「きみのお友だち、とても楽しそうな人だね」と、ラバットは言いました。

イーダはキツネの頭をなでて、ため息《いき》をつきました。それから、ミリアムのバイオリンケースを持《も》ちあげました。

イーダの両親《りょうしん》が経営《けいえい》している《美容室《びようしつ》エルフリーデ》はすぐ目の前です。美容室《びよう しつ》は建物《たてもの》の一階《かい》にあり、イーダの一家《いっか》は上の階《かい》でくらしています。少女《しょうじょ》たちは裏口《うら ぐち》から入り、ドタバタ階段《かいだん》をあがっていきました。ラバットも、ドアのすきまから、するりと中へ入りました。

「おしゃれなお部屋《へや》！　でもまだ、ちょっぴり殺風景《さっぷうけい》ね。これからふたりで変《か》えればいいわね！」ミリアムは熱狂《ねっきょう》しています。

ミリアムの視線《しせん》が、ドアにはられた映画《えいが》『バンパイアの恋《こい》』のポスターの上でとまりました。「あら、またこのポスターをはったのね。まだ彼《かれ》のファン？」ミリアムは、主役《しゅやく》を演《えん》じた、青白い顔の青年《せいねん》をさしました。「わたしも、まだファン！」

ミリアムはイーダの答えを聞かずに、ひとりでペラペラしゃべりつづけ、それからベッドに体を投《な》げだしました。

イーダはほほえみました。イーダはミリアムとのこんなおしゃべりが大好《だいす》きなのです！

「彼《かれ》ったらすてきすぎ！　ねえ、覚《おぼ》えてる？　ふたりで映画《えいが》を見に行ったときのこと」ミリアムは元気よく話しつづけます。「夜《よる》の上映《じょうえい》だったわよね！」

あのときは、ミリアムのお母さんがイーダとミリアムの三列《れつ》うしろの席《せき》から、ふたりを見張《みは》っていました。けれどもイーダは、今《いま》そのことを話したいのではありません。

「あのときは、ずいぶん泣《な》いたわよね！　ハンカチがびしょびしょ！　それにしても、すてきだったー！」ミリアムはうっとりとした目でイーダを見つめました。

「それに、ふたりだけで開《ひら》いたＤＶＤ《ディーブイディー》パーティー！　わたし、映画《えいが》の内容《ないよう》をほとんど覚《おぼ》えちゃった。だって、五回《かい》は見たもの。六回《かい》だったかしら？」ミリアムはひざをかかえて体をゆすりました。

「あらっ、イーダ！　あなた、このＤＶＤ《ディーブイディー》を持《も》っているじゃない。もう一度《ど》、見ましょうよ！　もう話したっけ？　この間、自分《じぶん》がバンパイアになった夢《ゆめ》を見たって」ミリアムはひたすら話しつづけています。イーダがひみつを話すと言っていたことなど、すっかりわすれているようです。

イーダは心配《しんぱい》になってきました。こんなおしゃべりな子に、ほんとうにひみつをうちあけてもだいじょうぶでしょうか？

マジック動物《どうぶつ》ハウスのひみつは、ふしぎな動物《どうぶつ》をもらったベニーとジョーはもちろんのこと、間《ま》もなく動物《どうぶつ》をもらう生徒《せいと》たちもふくめて、イーダのクラスの生《せい》徒《と》だけしか知りません。

担任《たんにん》のコーンフィールド先生は言ってたっけ。クラスのみんながふしぎな動物《どうぶつ》をもらうって。そう、動物《どうぶつ》を必要《ひつよう》としている人はみんなもらえる。先生はそんなふうに言ってたな。ミリアムは、モリソンさんのことをどう思うかしら？　ああ、どうしよう。どうしたらいい……？

ふしぎな動物《どうぶつ》とくらすようになってから、イーダは大切《たいせつ》なことをひとりで決《き》めなくなっていました。今《いま》もどうしたらいいのか、ラバットと相談《そうだん》してから決《き》めたいと思いました。けれども、ラバットはベッドの下にかくれています。

ミリアムは、あいかわらずひとりでしゃべりつづけています。話題《わだい》は嵐《あらし》の話に移《うつ》っていました。

「きょうれつな嵐《あらし》が、ものすごいスピードでやってきたの。休み時間に外に出たら、帽子《ぼうし》がふきとばされちゃった。五時間目の授業中《じゅぎょうちゅう》には、全校生徒《ぜんこうせいと》が避難《ひなん》させられたんだから」ミリアムは天井《てんじょう》に向《む》かって枕《まくら》を投《な》げあげ、落《お》ちてきたのをキャッチしました。

「避難《ひなん》よ。ひ・な・ん！　みんな、外《そと》に連《つ》れていかれて、そのままうちに帰《かえ》らされたの。ねえ、イーダったら。ちゃんと聞いてる？」

イーダは赤い髪《かみ》をいじり、そわそわしています。やがて、イーダは決意《けつい》をかためると、真剣《しんけん》なまなざしでミリアムを見つめました。

「話したいことがあるの」イーダは、自分《じぶん》でも、まったく別人《べつじん》に聞こえるような声で言いました。低《ひく》い、おとなびた声です。「わたしのことを頭がおかしくなったって言わないでね。約束《やくそく》してくれる？　床《ゆか》がさけて、その中にわたしが落《お》ちそうになったら、助《たす》けてね。約束《やくそく》して」

ミリアムは目を丸くしています。「イーダ、なに言ってんの？」

イーダは深《ふか》く息《いき》をすいこみました。さて、なにから話せばいいのでしょうか？

そのとき、イーダは、ふさふさとした赤茶色《あかちゃ》のしっぽの先がベッドの下からのぞいているのに気がつきました。そうです。ここから始《はじ》めればいいのです。

「ラバット。出てきて」イーダはキツネを呼《よ》びました。

すると、しっぽはベッドの下に消《き》え、黒いつめの生えた二本の足が出てきました。

ミリアムは大声でさけびました。

それから赤茶色《あかちゃ》の毛が、そして黒い鼻《はな》づらが、そして最後《さいご》に、二つのこはく色の目と、きれいな白い耳をのぞかせました。

「あら、なに?」ミリアムは夢中《むちゅう》になってさけびました。「犬を飼《か》い始《はじ》めたの?」

ミリアムはひたいにしわをよせて考えています。「これって……これって、犬じゃない……でしょ?」ミリアムは自信《じしん》なさそうにイーダを見ました。

「キツネよ。ラバットっていうの」イーダはそう言って、ごくりとつばをのみこみました。「ふしぎな動物《どうぶつ》なの」

イーダは、なにかがおこるのではないかと、心配《しんぱい》していました。天井《てんじょう》がぴかっと光って、ドカンと雷《かみなり》が落《お》ちて、床《ゆか》にたたきつけられてしまうのかな。それとも、髪《かみ》があっという間《ま》に真《ま》っ白《しろ》になってしまうのかな。もしかしたら、窓《まど》ガラスがこなごなにわれてしまうのかも……。イーダはそう思いながら、モリソンさんからの罰《ばつ》を待《ま》っていました。たった今《いま》、誓《ちか》いを破《やぶ》ってしまったのです。今《いま》この瞬間《しゅんかん》、モリソンさんはマジック動物《どうぶつ》ハウスの中で、頭の先からつま先まで、裏切《うらぎ》りを全《ぜん》身《しん》で感《かん》じているでしょう。

イーダは息《いき》を深《ふか》くすいこみ、はきだしました。雷《かみなり》は落《お》ちないのかしら？ イーダはもう一度《ど》、深呼吸《しんこきゅう》しました。壁《かべ》の絵も落《お》ちてこないわ。そして三回目《かいめ》の深呼《しんこ》吸《きゅう》。うず巻《ま》きのかざりのついた鏡《かがみ》も壁《かべ》にかかったまま。

イーダは、ミリアムとラバットの顔をなんども見ました。ミリアムはぽかんとしています。ラバットはあっけらかんとして、イーダのベッドの下で見つけたスポンジのボールで遊《あそ》んでいます。

「それ見ろ、赤毛ちゃん」キツネはつぶやきました。「なにもなかっただろう。モリソンさんのことは、ぼくのほうがきみよりよく知っているのさ」

その日の残《のこ》りは、さっきまでとはまったく逆《ぎゃく》になっていました。こんどはイーダが語《かた》り、ミリアムが目を丸くして聞いています。イーダは親友《しんゆう》に、ヴィンターシュタイン学校のすべてを語《かた》りました。

「どこにでもあるふつうの学校ではあるの。体育館《たいいくかん》やコンピュータールームなんかがあって。だけど、担任《たんにん》がコーンフィールド先生なの。スコットランド出身《しゅっしん》の女の先生で、編《あ》み棒《ぼう》をさして髪《かみ》をとめているの。想像《そうぞう》できないくらい

変《か》わった先生よ。それに、モリソンさんっていう人もいるの。モリソンさんは、ペットショップ『マジック動物《どうぶつ》ハウス』を経営《けいえい》していて、クラスのみんなにふしぎな動物《どうぶつ》をくれる人よ」と、イーダは説明《せつめい》しました。

「うわあ！　それって魔法《まほう》にかかった動物《どうぶつ》たち？」ミリアムはびっくり仰天《ぎょうてん》しています。

「そんなようなものかしら。モリソンさんは、世界中《せかいじゅう》をかけまわって、ふしぎな動物《どうぶつ》たちを集《あつ》めてくるの。それで、動物《どうぶつ》たちに合った人間《にんげん》のパートナーを見つけるのよ。ぴったりな人が見つかれば、ふしぎな動物《どうぶつ》たちは幸《しあわ》せになるというわけ。わたしはクラスの中で、一番《ばん》はじめにその動物《どうぶつ》をもらったのよ。近所《きんじょ》に住《す》んでいる男子《だんし》もいっしょにね。その子、ベニーっていうの。わたしがもらったのはラバット」イーダは、となりで横《よこ》になっているキツネの頭をなでました。

「ベニーがもらったのはカメ。ヘンリエッタっていうのよ。それからもうひとり、同じクラスのジョーも、ペンギンのユーリをもらったわ。動物《どうぶつ》をもらった人は、

自分《じぶん》の動物《どうぶつ》と会話《かいわ》ができるの。でもね、ラバットが話すことは、わたしにだけしか聞こえていないけど」イーダは、キツネの耳のうしろをやさしくかいてやりました。

「信《しん》じられない」ミリアムは小声《こごえ》で言うと、そわそわと部屋《へや》の中を行ったり来たりしました。「あなたたちはラッキーね！　それで、次《つぎ》はだれがもらうの？」

イーダは肩《かた》をすくめました。「だれにもわからない」

とつぜん、ラバットがキャンキャンと声をあげて飛《と》びのきました。ミリアムがキツネをふみつけてしまったのです。

「ごめんね」ミリアムはびっくりしています。

「わたしには、あまりよく見えないの。わたしは仲間《なかま》じゃないからかしら……その……」ミリアムはなんと表現《ひょうげん》したらいいのかわからず、正しい言葉《ことば》をさがしていました。「その……クラブのね」

「あしたになればみんなに会えるわ」イーダは約束《やくそく》しました。「えーっと、そのクラブの仲間《なかま》にね。でも、わすれないで。ぜったいに、ひみつを知っているのをみんなに気がつかれないようにして！　約束《やくそく》よ！」

「もちろん、約束《やくそく》する！」ミリアムは勢《いきお》いよくうなずきました。興奮《こうふん》のあまり、ミリアムのほおは真《ま》っ赤《か》になっています。

とつぜん、イーダは奇妙《きみょう》な気分になってきました。親友《しんゆう》を学校に連《つ》れていったりしたら、コーンフィールド先生になんと言われるでしょうか？

学校で

「あの人、なにしてるの？　自分《じぶん》のお墓《はか》でもほってるのかしらねえ」ミリアムは、校庭《こうてい》の広い芝生《しばふ》の上で、顔を真《ま》っ赤《か》にしてせっせと働《はたら》く、胸当《むねあ》てズボンをはいた男の人を指《ゆび》さしました。

イーダとラバットは立ちどまりました。「ああ、あの人はヴォンドラチェクさんよ。学校の用務員《ようむいん》さん。この間から、シャベルを持《も》って歩きまわってるわ。バラの苗《なえ》でも植《う》えるのかしら」

八時少し前。ふたりの目の前を、生徒《せいと》たちがひしめきあいながら校舎《こうしゃ》に入っていきます。ヴィンターシュタイン学校の校舎《こうしゃ》は昔《むかし》のお屋敷《やしき》で、建物《たてもの》の両《りょう》はしには丸い塔《とう》がついています。それに、敷地内《しきちない》にはたくさんの木が生えていて、池もあります。

「バラを植《う》えるの？」ミリアムはひたいにしわをよせました。「芝生《しばふ》の真《ま》ん真《ま》ん中《なか》に？　かわいそうなバラ。生きのびられるよう、幸運《こううん》を祈《いの》るわ！　あんなところに植《う》えられたら、サッカーボールがバンバン当たっちゃう。それに、ふしぎな動物《どうぶつ》たちにもオシッコをかけられまくって……いててっ！」

イーダはミリアムのわき腹《ばら》をひじでつつきました。すると、ミリアムはあわてて口を手でおさえ、すまなそうにイーダを見つめました。

ほかの人がいるところでふしぎな動物《どうぶつ》の話はぜったいにしないよう、きびしく注意《ちゅうい》したはずです！　それなのにミリアムときたら、校舎《こうしゃ》の入り口の真《ま》ん前《まえ》で、なんてことを言うのでしょう。

「しーっ！　だまって！」イーダは歯《は》のすきまから声を出しました。

「はい、はい、わかってるって」ミリアムは小声《こごえ》で言うと、ぺたぺたと親友《しんゆう》のあとをついていきました。

「ふしぎな動物《どうぶつ》にオシッコかけられまくるだなんて！　まったく、なんて失礼《しつれい》な！」ラバットは腹立《はらだ》たしそうに言いました。けれども、もちろん、ミリアムに

はラバットの声は聞こえていません。

イーダとミリアムが教室に入ると、コーンフィールド先生がいました。きょうの先生は、赤いベルベットのスカートをはき、長いコートを着《き》ています。それに、イーダがミリアムに伝《つた》えたとおり、髪《かみ》を結《ゆ》いあげ、編《あ》み棒《ぼう》でとめています。

「あなたがミリアムね?」先生はちらっと顔をあげました。「ジークマン校長《こうちょう》先生から聞いていますよ。しばらく、ここで授業《じゅぎょう》を受《う》けたいそうね。えーと、ようこそ」

イーダはごくりとつばをのみこみました。コーンフィールド先生は、ちっともうれしそうではありません。先生は、目を通していた書類《しょるい》に視線《しせん》をもどす前に、するどい目つきでイーダを見ました。少女《しょうじょ》たちは、不安《ふあん》になって、顔を見合わせました。

「気にしないで」と、イーダはミリアムに小声《こごえ》で言いました。「はじめはいつもこうなんだから」とはいえ、イーダの不安《ふあん》は大きくなるばかり。先生は、イーダが誓《ちか》いを守《まも》らなかったことに気づいているのでしょうか？

イーダは、真《ま》ん中《なか》の列《れつ》の空《あ》いている席《せき》に、おしこむようにミリアムをすわらせました。「はい、ここがわたしたちの席《せき》」

「ふしぎなことがおこったら、すぐに教えて」ミリアムはこそこそ言いながら席《せき》につきました。

「ほら、今よ！」イーダは前方《ぜんぽう》をさしました。

チェックのシャツにウールのベストを着《き》た少年《しょうねん》が、最前列《さいぜんれつ》の席《せき》に向《む》かってだらだら歩いていきます。

「あの子がベニーよ！　ベニーのふしぎなカメもいるわ。見える？　カバンの外《そと》へ首《くび》をのばしているわ。ねえ、どう？」と、イーダはこそこそ言いました。

「ちょっと待《ま》って」ミリアムは興奮《こうふん》し、身《み》をのりだしました。「なにも見えない！」

ミリアムはさらに身《み》をのりだして、引《ひ》っくりかえりそうになりました。

「やめてよ、目立つでしょ」イーダは歯《は》のすきまからしぼりだすように小さな声で注意《ちゅうい》をしてから、コーンフィールド先生ににこっと笑《わら》いかけました。

　先生はみけんにしわをよせて、ふたりのほうを見ています。

「もう、だめよ。見えなくなっちゃった。ヘンリエッタは首《くび》を引《ひ》っこめちゃったもの」と、イーダは言いました。

「ちぇっ、残念《ざんねん》！」ミリアムは腹《はら》を立てました。

　教室には、次々《つぎつぎ》と生徒《せいと》がやってきます。紺《こん》のブレザーを着《き》た少女《しょうじょ》が入ってきました。つづいて入ってきた少年《しょうねん》は、自分のはいているほどけた靴《くつ》ひもをふんで、

つまずきました。そのひょうしに、メガネをかけた少年《しょうねん》をつきとばしそうになりました。

「ブレザーのあの子は、いばり屋《や》ヘレーネ、そのうしろにいる男子はエディ。いつも足がもつれてこけてばかりいるの。メガネの子はマックス。あだ名は教授《きょうじゅ》」イーダは小声《こごえ》で説明《せつめい》しました。「それから、ジョー。さあ、よく見て！」イーダはミリアムのわき腹《ばら》をつつきました。「わかる？」

すらりとした、少《すこ》し長めの茶《ちゃ》色い髪《かみ》の少年《しょうねん》が、ズルズルと足を引《ひ》きずりながら教室に入ってきました。着《き》ているT《ティー》シャツの胸《むね》には、《オレ、賛成《さんせい》》と大きな文《も》字《じ》が書かれています。

「キャッ！」ミリアムはかん高い声をあげました。「めちゃ、すてき！」ミリアムは声をおさえられません。「ジョーっていうの？　うん、あの子をDVD《ディーブイディー》パーティーに招待《しょうたい》しようよ！　それに、バンパイアじゃなくて、ほかの映画《えいが》でもいいわね！『オオカミ男に気をつけろ！』とか、『ミイラのたたり』とか。わたし、ポテトチップスを用意《ようい》するね。男子ってそういうのが好《す》きなのよ。わたしの好《この》みはパプリカ味《あじ》……え……うそでしょ……」そこで、ミリアムは驚《おどろ》きのあまり言葉《ことば》をつまらせました。「あ……あそこ……ペンギン？」

「ミリアム、静《しず》かにして！」イーダは親友《しんゆう》のわき腹《ばら》を強《つよ》くおしてだまらせました。ジョーと何人《なんにん》かの生徒《せいと》たちが、ふしぎそうにふたりのほうを見ています。コーンフィールド先生も咳《せき》ばらいをすると、ふたりをまっすぐににらみつけました。

イーダは目をそらし、一時間目の授業《じゅぎょう》に使《つか》うノートをとりだしました。ノートには「ロビン・フッド」と書いてあります。

ラバットは鼻《はな》づらでイーダをおしました。

「だいじょうぶかい、赤毛ちゃん？」と、ラバットはたずねました。

「わからないわ！」と、イーダは答えました。

それから少《すこ》しして、授業《じゅぎょう》が始《はじ》まりました。コーンフィールド先生は、いくらかきんちょうしているようです。

「こちらはミリアム。イーダのおうちのお客《きゃく》さま。少《すこ》しの間、この学校でいっしょに勉強《べんきょう》することになったのよ」先生はミリアムをさらっと紹介《しょうかい》すると、きびしい目つきでクラス全体《ぜんたい》を見わたしました。「ふしぎなクラブ、えーっと、算数《さんすう》クラブのことですけど、みんな、規則《きそく》は覚《おぼ》えているわね？　メンバーではないお客《きゃく》さんにどんなふうに接《せっ》したらいいか、わかっているでしょ？　期待《きたい》しているわ」先生は目を細くして、イーダを見すえました。「みんなで決《き》めたことは、わすれないように。えー、その、算数《さんすう》クラブのことは、むやみに人に話してはなりません。わかりましたね」

「あるていどは」と、イーダはつぶやきました。

そこでコーンフィールド先生は、生徒《せいと》たちにプリントを配《くば》りました。「ロビン・フッドのことを始《はじ》める前に、この問題《もんだい》を解《と》いてちょうだい。むずかしいわよ！」

「まったく、やってくれるぜ」どくろマークのT《ティー》シャツを着《き》たスポーツマンタイプの少年《しょうねん》がなげいています。「おーい、ロビン・フッド。どこにいるんだよ。助《たす》けてほしいときにかぎって、いないんだから」

「おしゃべりはしない、サイラス。計算《けいさん》しなさい！」コーンフィールド先生は、サイラスをしかりつけました。

イーダはさっそく計算問題《けいさんもんだい》にとりかかりました。イーダはテストが大好《だいす》きです。特《とく》に、満点《まんてん》をとるのが。

ミリアムは計算問題《けいさんもんだい》を解《と》くより、先生のことが気になって仕方《しかた》ありません。そこで、横目《よこめ》で先生を観察《かんさつ》し始《はじ》めました。

コーンフィールド先生は靴《くつ》をぬいで、教室の中を靴下《くつした》のままで歩いています。

「どうしてあんなことをしているの？　とっても愉快《ゆかい》ね」と、ミリアムはイーダにこそこそ言いました。

「愉快《ゆかい》？」イーダは髪《かみ》を耳にかけて、考えました。「わたしにはわからないわ」

ミリアムは、コーンフィールド先生をこっそり見ました。先生はジョーの横《よこ》で立ちどまり、壁《かべ》の前でなにやらごそごそし始《はじ》めました。ペンギンのユーリがジョーの横《よこ》から先生に向《む》かって陽気《ようき》にくちばしをのばすと、先生は手を広げてペンギンをコートかけのうしろにおしこみました。それを見て、ジョーは文句《もんく》を言おうとしましたが、先生はくちびるに人さし指《ゆび》を当《あ》てて、そっと警告《けいこく》しました。

それから先生は、ベニーの席《せき》へ歩いていきました。ベニーは最前列《さいぜんれつ》の、ニット帽《ぼう》をかぶった少年《しょうねん》のとなりにすわっています。ベニーの机《つくえ》の上には靴箱《くつばこ》がおいてあり、中から、むしゃむしゃとなにかを食べる音が聞こえてきます。ミリアムにも、その音がしっかりと聞こえました。

「ベニー?」コーンフィールド先生は、コホンと咳《せき》をしました。「靴箱《くつばこ》をしまってちょうだい」

ベニーはぶつぶつ言いながら、箱《はこ》にふたをかぶせました。そして、靴箱《くつばこ》を机《つくえ》の下の物入《ものい》れにしまいました。

「ねえ、見てて。五分もすれば、ヘンリエッタがベニーのひざの上に出てくるわよ」イーダはミリアムにこっそり教えました。

そして最後《さいご》に、コーンフィールド先生は通りすがりに、ラバットをそっと足でおしました。キツネはおとなしく先生の指示《しじ》にしたがい、コートかけのうしろにいるユーリのところへ、すごすごと歩いていきました。

静《しず》かな教室の中で、ミリアムは一瞬《いっしゅん》ですが一度《ど》にすべての動物《どうぶつ》の姿《すがた》を見たので、驚《おどろ》いてしまいました。

さて、動物《どうぶつ》たちが先生の視界《しかい》から姿《すがた》を消《け》すと、先生の表情《ひょうじょう》が明るくなりました。先生《せんせい》は答案用紙《とうあんようし》を集《あつ》めると、教卓《きょうたく》によりかかって言いました。「では、ロビン・フッドのことについて始《はじ》めましょう。説明《せつめい》できる人は？」

たくさんの手があがりました。

「アンナ・レーナ！」

肩《かた》にとどくくらいの茶《ちゃ》色い髪《かみ》の、あまり目立たない少女《しょうじょ》が答えました。

「ロビン・フッドは盗賊《とうぞく》の英雄《えいゆう》です。金持《かねも》ちからお金や物《もの》をぬすんで、貧《まず》しい人にわけてあげました」

コーンフィールド先生はうなずきました。「ほかにもっと知っている人は？　教授《きょうじゅ》！」

教授《きょうじゅ》とは、メガネをかけたマックスのことです。「中世《ちゅうせい》のイングランドを舞台《ぶたい》とした物語《ものがたり》です」と、マックスは答えました。

「正確《せいかく》には、伝説《でんせつ》です」と、イーダが横《よこ》から口を出しました。

ミリアムはにやりとしました。親友《しんゆう》はちっとも変《か》わっていません。

「伝説《でんせつ》、そのとおり」マックスはイーダの言葉《ことば》をくりかえして、説明《せつめい》をつづけました。「獅子心王《しししんおう》リチャード一世《せい》は、十字軍《じゅうじぐん》の遠征《えんせい》で、いつも国を留守《るす》にしていました。その間に、イングランドは大混乱《だいこんらん》におちいってしまいました。ロビン・フッドは領地《りょうち》を追《お》われ、森の中に身《み》をかくしていましたが、そこで、世の中の不公平《ふこうへい》に対《たい》して立ち向《む》かおうとする、こころざしを同じくする者《もの》たちからの支持《しじ》を集《あつ》めていきました」

「ロビン・フッドは、その地方《ちほう》でもっとも美《うつく》しい乙女《おとめ》マリアンに恋《こい》をしました」

とヘレーネは言い、ジョーにうっとりとしたまなざしを向《む》けました。

そこで、ジョーが手をあげて、指《ゆび》をパチンとはじきました。「ロビン・フッドはノッティンガムの森の中で、禁止《きんし》されているのに狩《か》りをしていました。ノッティンガムの代官《だいかん》は、このことに怒《おこ》り、ロビン・フッドをとても憎《にく》みました」

こうしてしばらくの間、生徒《せいと》たちはロビン・フッドについて知っていることを発表《はっぴょう》しあい、情報《じょうほう》を集《あつ》めていきました。そして最後《さいご》に、コーンフィールド先生は、ロビン・フッドの劇《げき》をみんなで練習《れんしゅう》しましょう、と伝《つた》えました。本番《ほんばん》は全校生徒《ぜんこうせいと》の前で演《えん》じられます。けれどもその前に、学校のとなりの老人《ろうじん》ホームでくらしている人たちを招《まね》いて発表会《はっぴょうかい》をすることになりました。この発表会《はっぴょうかい》の日程《にってい》は、すでに決《き》まっています。

生徒《せいと》たちは大喜《おおよろこ》びです。コーンフィールド先生は、興奮《こうふん》する生徒《せいと》たちをなんとか落《お》ちつかせようとしました。

「衣装《いしょう》がいるわね。衣装係《いしょうがかり》になりたい人は？　それに、美《うつく》しい舞台風景《ぶたいふうけい》も必要《ひつよう》よ！　森や騎士《きし》のお城《しろ》、それに洞《どう》くつもね。すべてを森のシーンにするわけにはいきませんからね」と、先生は言いました。

「どうしてだめなのさ？　ぼくは森が好《す》きだよ」コートかけのうしろからラバッ

トが質問《しつもん》したので、イーダは笑《わら》いをこらえました。

生徒《せいと》たちが計画《けいかく》を立てている間、イーダの予想《よそう》どおり、ヘンリエッタがベニーのひざの上にはいだしてきました。ベニーとカメはひそひそ話しあっています。

イーダはミリアムのほうに紙切れをすべらせました。

DVD《ディーブイディー》パーティー、ベニーも招待《しょうたい》する？

ミリアムは返事《へんじ》を書きました。

ヘンリエッタを連《つ》れてきてくれるなら☺
それと♡♡♡ジョーも！　♡♡♡それに、ペンギンも！

ベニーの家《いえ》でひみつ会議《かいぎ》

ミリアムは、マジック動物《どうぶつ》ハウスを見たいとイーダにせがみました。せがまれているうちに、イーダまで、見たくなってしまいました。

ほんとうは、イーダもずっと前から興味津々《きょうみしんしん》でしたが、お店《みせ》がどこにあるのか知りませんでした。でも、なぞめいたその店《みせ》の場所《ばしょ》を知っている人が、ひとりいます。それは、ベニーです。ベニーこと、ベンジャミン・シューベルトは、イーダの家《いえ》の一つ先にある十字路《じゅうじろ》の《ひばりヶ原《はら》通り》に住《す》んでいます。

イーダとミリアムは、さっそくベニーの家《いえ》におしかけ、呼《よ》び鈴《りん》を鳴《な》らしました。そして三回目《かいめ》を鳴《な》らしたときに、ようやくドアが開《ひら》きました。

ところが、ドアを開《あ》けたのはベニーではありません。同じクラスの別《べつ》の少年《しょうねん》です。ベニーのとなりの席《せき》のショキーです。ショキーのほんとうの名前はザームエル。でも、だれもそんなふうには呼《よ》びません。ショキーはいつものようにニット帽《ぼう》をかぶっていました。

「やあ、ラバット」ショキーはあいさつすると、はっとして、くちびるをかみました。ミリアムの前で、うっかり口をすべらせてしまいました。

ミリアムも、びくっとしました。キツネがいっしょにいるのを、すっかりわすれていたのです。ミリアムには、キツネの姿《すがた》がほとんど見えていません。イーダはなにもなかったかのようにふるまっています。

「あら、ショキー。ここでなにをしているの？」

イーダはたくみに話をそらしました。

「逃亡中《とうぼうちゅう》」ショキーはそう言うと、くるりと目をまわしました。「じいちゃんから逃《に》げている

んだよ」

みんなでベニーの部屋《へや》に入っていくと、ベニーは床《ゆか》にすわって新聞《しんぶん》を読んでいました。ヘンリエッタはミリアムに気がつき、新聞《しんぶん》の下へこそこそかくれました。

「やあ、おふたりさん！」ベニーは大きな声で言いました。「ねえ、知ってる？ ぼくらの学校が新聞《しんぶん》に出ているよ！ 校庭《こうてい》にできたなぞの穴《あな》のことさ！」

イーダはちらっと新聞記事《しんぶんきじ》を見ると、つまらなそうに言いました。「ああ、それね。知っているに決《き》まっているじゃない。きのうの新聞《しんぶん》に出てたわ。用務員《ようむいん》のヴォンドラチェクさんが、一日中《じゅう》、シャベルをかついで穴《あな》うめに追《お》われていて、休《きゅう》けい時間に売店《ばいてん》に立てないほどいそがしいっていう記事《きじ》でしょ」

ベニーはぶるっと身《み》ぶるいしました。イーダはいつもこんなふうに自分《じぶん》を賢《かしこ》く見せようとします。いつだって、もうずっと前に見た、ずっと前に聞いた、と、自分《じぶん》を物知《ものし》りのように言うのです。どうしてそうなのでしょうか？

ラバットは、ベニーが腹《はら》を立てているのに気がつきました。「もうちょっとやさしくしてあげなよ、赤毛ちゃん」キツネはイーダを鼻《はな》でつついて注意《ちゅうい》しました。

イーダは顔を赤らめ、大きなクッションの上に、ドサッとこしをおろしました。それから、ベニーにやさしくほほえみました。「あのね、聞きたいことがあって来《き》たの。質問《しつもん》その一、うちでDVD《ディーブイディー》パーティーを開《ひら》くんだけど、来てくれる？ 質問《しつもん》その二、マジック動物《どうぶつ》ハウスの場所《ばしょ》を教えてくれる？」

ショキーは驚《おどろ》いて、口をぱくぱくさせました。

ベニーもあわてています。「マジック動物《どうぶつ》ハウスって……ミリアムにしゃべっちゃったの？」それから大きな声で言いました。「頭がおかしくなったんじゃないか？ 遠まわしだけど、あんなに注意《ちゅうい》されたのに、わからなかったのかよ」

ベニーの視線《しせん》がミリアムに向《む》けられました。ミリアムはイーダのとなりでうろたえています。

ベニーは胸《むね》の前で腕組《うでぐ》みをして、深《ふか》く息《いき》をすいこみました。「マジック動物《どうぶつ》ハウスの場所《ばしょ》はぜったいに教えない。ぼくは規則《きそく》をわすれたりしないし、約束《やくそく》は守《まも》る！　きみとちがってね！」

ショキーも怒《おこ》っています。「どうして話しちゃったんだよ。誓《ちか》いの言葉《ことば》はどうしたんだよ？」

イーダはきんちょうしながら、下くちびるをかんで言いました。「でも、どうしろって言うのよ。ミリアムはわたしの一番《ばん》の親友《しんゆう》よ！　うちに泊《と》まって、いっしょに学校へ通っているの！　ふしぎな動物《どうぶつ》がうろうろしているのに、なにもないみたいにふつうにしているなんて、わたしにはできない！」

「どうして女の子っていうのは、ひみつをだまっていられないんだろう」ベニーは首《くび》を横《よこ》にふりながら、ぶつぶつ言いました。

「そうは言うけど、ひみつをもらしても、なにもおこらなかったわよ。それに、わたしはミリアムを信《しん》じている」イーダは弁解《べんかい》しました。

「だいじょうぶ。約束《やくそく》は守《まも》るわ！」ミリアムはしきりにうなずきました。

ベニーはまゆ毛を高くあげました。「コーンフィールド先生に知られたらどうなるか……まあ、幸運《こううん》を祈《いの》るよ」

そのとき、ミリアムは前方《ぜんぽう》を指《ゆび》さして、大声で言いました。「ほら！　そこ！　カメがいる！　はっきり見えるわ！　イーダに教えてもらっていないのにわかる！　わあ！　いよいよ、わたしもクラブの仲間《なかま》入りね！」ミリアムは歓声《かんせい》をあげました。

新聞《しんぶん》の下からようすをうかがっていたヘンリエッタは、さっと首《くび》を引《ひ》っこめました。それも、カメにできる最高《さいこう》のスピードで。

ベニーは両手《りょうて》をこしに当てました。「ふしぎな動物《どうぶつ》の姿《すがた》が見える？　話がどんどんすごくなっていくじゃないか」

イーダはベニーを見つめ、しょんぼりしています。「ときどきだけよ。わたしが教えてあげたときにね。それか、ミリアムが自分《じぶん》で一生懸命《いっしょうけんめい》に努力《どりょく》したときに」

ベニーとショキーは顔を見合わせました。

「コーンフィールド先生に首《くび》をしめられるぞ」と、ショキーはそっけなく言いました。

イーダは、思わず話題《わだい》を変《か》えました。「ふたりとも、劇《げき》の台本《だいほん》、もう読んだ？」

ショキーは窓台《まどだい》にこしかけました。外《そと》では、もくもくと立ちのぼるように雲が大きくなっていきます。今《いま》にも雨がふりだしそうです。

「ロビン・フッドが恋人《こいびと》を救《すく》いだすシーン、読んだ？」イーダはさらにたずねました。「そのシーンでは、はげしい決闘《けっとう》でたくさんの人がけがをするの。こんなシーンを見せられたら、ホームのお年よりたちが気絶《きぜつ》しちゃうかも……」

すると、ショキーの表情《ひょうじょう》が暗《くら》くなりました。そして、ショキーはニット帽《ぼう》を引《ひ》っぱり、まぶかにかぶりました。「劇《げき》の話はやめてくれよ。じいちゃんが、そのことしか話さないんだよ」

「じいちゃんって？　逃《に》げてきたっていう、そのおじいさんのこと？　ロビン・フッドのことでなにかあったの？」ミリアムがたずねました。

ショキーはミリアムを見つめ、大きなため息《いき》をつきました。「テーオドールじいちゃんは役者《やくしゃ》だったんだ。しかも、有名《ゆうめい》だったらしい。映画《えいが》の大役《たいやく》もやったことがあるって言ってた。西部劇《せいぶげき》にも出ていたんだって。カウボーイとか、そういうやつさ。そんなわけで、じいちゃんは、なにがなんでも、ぼくをロビン・フッドにさせたいのさ！」

「あなたがロビン・フッド？」イーダはプッとふきだしました。ショキーはとてもやさしく、ニット帽《ぼう》とチョコレートドリンクのことをのぞけば、どんな冗談《じょうだん》でも言える、とても気のいい少年《しょうねん》です。

ショキーはロビン・フッドのイメージとは、かけはなれているとイーダは思いました。「あなたには騎士《きし》のお城《しろ》のコックが合ってるわ。もっとお似合《にあ》いなのは、森の木。それとか、ベニーといっしょにチケットもぎり！　花形《はながた》の仕事《しごと》じゃない」

イーダはからかいました。

ミリアムはイーダをひじでつつきました。

ベニーはむっとした表情《ひょうじょう》で、イーダを見つめています。けれども、いつもと同じょうに、とっさにいい言葉《ことば》が思いうかばず、言い返《かえ》せません。

「まったく、なんて失礼《しつれい》な！」いつのまにか、新聞《しんぶん》の下から出てきたヘンリエッタは、ぷりぷり怒《おこ》っています。「この知ったかぶり少女《しょうじょ》！　きょうも、いやみたらしいったら、ありゃしない」

「イーダ！　親切《しんせつ》にしなよ。感《かん》じ悪《わる》いよ。すぐにやめるんだ！」ラバットもパートナーをしかりつけました。

　イーダはすまなそうに、キツネを見ました。

「ほんの冗談《じょうだん》よ」と、イーダはあわてて言いました。「ごめん。わたしもお芝居《しばい》は苦手《にがて》なんだ」

けれどもほんとうは、自分《じぶん》は演技《えんぎ》がとても上手《じょうず》だと思っています。

「お父さんとお母さんはなんて言ってるの？」と、ミリアムがショキーにたずねました。

「父さんはこの町には住《す》んでいないんだ。母さんは、ほかのことでいそがしいのさ。設計事務所《せっけいじむしょ》で働《はたら》いていて、今《いま》、トルコのイスタンブールにいるんだよ。天までとどくような巨大《きょだい》なビルを建《た》てていて、母さんが現場《げんば》を監督《かんとく》しているんだ」と、ショキーは説明《せつめい》し、肩《かた》をすくめました。「それで、母さんが帰《かえ》ってくるまで、ぼくはテーオドールじいちゃんのところでくらすことになっているんだよ」

「それって、そんなにひどいこと？」イーダはたずねました。けれども、意味《いみ》のないことを聞いてしまったと、くやみました。

「ああ、ひどいのなんのって！」ショキーはつかれきっていました。「じいちゃんちでは、この帽子《ぼうし》をかぶっちゃいけないんだ。それに、まずいものばかり食べさせられている。そしてこんどは、あのいまいましい劇《げき》のせいで、セリフを丸暗《まるあん》記《き》させられるんだ。きちんと覚《おぼ》えているか、しょっちゅうテストされてるよ。でも、ぼくにはそんなこと、できないよ」

「それで、そのときおじいさんはどうするの？　おじいさん、有名《ゆうめい》なカウボーイなんでしょ？　お手本を見せてくれるの？」ミリアムは興味深《きょうみぶか》げにたずねました。

「台本《だいほん》を読むだけさ。それから、発声《はっせい》の仕方《しかた》とか、動《うご》き方《かた》とか、あれこれアドバイスをするんだよ」キーはそう言って歯《は》ぎしりしました。

それから、ショキーは弓矢《ゆみや》をはなつまねをしました。

「でもぼくは、ロビン・フッドの役《やく》をどうしてもやりたいわけじゃない！　もちろん、主役《しゅやく》をいとめるのは悪《わる》くないさ。でも、かまわないよ」ショを見て、にやりとしました。「木の役《やく》でもね！　チケットもぎりの係《かかり》だってOK《オーケー》さ！　電気《でんき》コードを持《も》つ係《かかり》だっていいよ！」

イーダは思わず笑《わら》いました。「あなたなら、とってもすてきなコード係《がかり》になれるわよ！　それに、ベニー。あなたはすばらしい撮影責任者《さつえいせきにんしゃ》になれるわ！」イーダは、ベニーがラジオを聞くだけでなく、自分《じぶん》で短《みじか》い放送劇《ほうそうげき》を演《えん》じ、マイクで録《ろく》音《おん》しているのを知っていました。

するとまたもやショキーがため息《いき》をつきました。「じいちゃんったら、こんなことを言うんだぜ。一族《いちぞく》の名誉《めいよ》にかけて主役《しゅやく》を手に入れろって。もちろん、母さんは喜《よろこ》ぶだろうけれど……」

ちょうどそのとき、部屋《へや》のドアが開《ひら》き、ベニーのお母さん、シューベルト夫人《ふじん》が入ってきました。

手には銀《ぎん》のお盆《ぼん》を持《も》っています。お盆《ぼん》には古《ふる》めかしい柄《がら》のポット、品《ひん》のいい陶《とう》器《き》の花柄《はながら》の食器《しょっき》、四本の銀《ぎん》のスプーン、角砂糖《かくざとう》のたくさん入った器《うつわ》、それに、きちょうめんにスライスされたバターケーキがのっています。「ホットチョコレートが好《す》きなのよね」と言うと、お母さんはやたらとかたくるしい動作《どうさ》で、ベニーの机《つくえ》の上にお盆《ぼん》をおきました。

「うわあ！　ありがとうございます！」ショキーは大喜《おおよろこ》びです。ショキー*はチョ

＊ショキー：ドイツ語《ご》でチョコレートは〝ショコラーデ〟といい、チョコレートやそれを使《つか》ったお菓子《かし》やのみ物《もの》などを〝ショキー〟と呼《よ》ぶことがある。

コレートドリンクが大好《だいす》きです。だから、こんなあだ名がついているのです。

「じいちゃんのところでは、健康《けんこう》にいいって、ハーブティーしかのませてもらえないんだ」

そのときミリアムは、ベニーのお母さんが部屋《へや》に入ってきたとたん、ラバットとヘンリエッタが、ぬいぐるみのように身動《みうご》きしなくなってしまったことに気がつきました。

「すごい」ミリアムは小さな声で言いました。

ベニーのお母さんがドアをしめて出ていき、動物《どうぶつ》たちがふたたび動《うご》きだすと、イーダは説明《せつめい》しました。「マジック動物《どうぶつ》ハウス、規則《きそく》その三。必要《ひつよう》なときには、ふしぎな動物《どうぶつ》たちはぬいぐるみに変身《へんしん》する。モリソンさんが動物《どうぶつ》たちに教えたのよ。これを〝石になる〟って呼《よ》んでいるの。なかなかいいでしょ?」

ミリアムは夢中《むちゅう》になってうなずきました。

ベニーとショキーは文句《もんく》を言っています。「おしゃべりオバサン」

外《そと》では雨がふりだしました。雨つぶが窓《まど》に当たってパチパチ音をたて、窓《まど》ガラスに筋《すじ》をつけながら流《なが》れおちました。どんなに雨がふろうと四人の子どもたちには関係《かんけい》ありません。みんなは床《ゆか》にすわり、音をたててホットチョコレートをすすりました。ラバットはイーダからバターケーキを一《ひと》切《き》れくすね、ヘンリエッタはお気に入りの遊《あそ》び、かくれんぼをして、だれかがさがしてくれるのを待《ま》っていました。

ロビン・フッドの役《やく》はだれに？

校庭《こうてい》にほられた穴《あな》の数は日に日にふえていきます。

次《つぎ》の月曜日、芝生一面《しばふいちめん》が穴《あな》だらけになっていました。

用務員《ようむいん》のヴォンドラチェクさんとジークマン校長《こうちょう》は、校舎《こうしゃ》の入り口でとほうにくれています。この一週間ずっと穴《あな》をうめつづけていた用務員《ようむいん》さんは、すっかり追《お》いつめられていました。

「まめだらけですよ」ヴォンドラチェクさんはなげき、赤くはれあがった両手《りょうて》を校長《こうちょう》先生に見せました。「手伝《てつだ》いがほしいです。ひとりではこなせません」

けれども、人をやとうお金は学校にはありません。そこで、校長《こうちょう》先生は教室《きょうしつ》をまわり、生徒《せいと》たちにうったえました。「ひじょうにたちの悪《わる》いいたずらです！すぐにやめるように！」

イーダは、この事件《じけん》の犯人《はんにん》はひとりではない、何人《なんにん》かいる、と確信《かくしん》していました。「たったひとりでこんなにほれるわけないもの」と、イーダは休み時間にラバットに言いました。

キツネは専門家《せんもんか》のように穴《あな》を観察《かんさつ》しました。ノルウェーの森からやってきたキツネは、穴《あな》にくわしいのです。**「建物《たてもの》に近いところをこんなにほじくり返《かえ》されちゃったら、そのうち壁《かべ》がくずれちゃうよ……」**

三時間目の授業《じゅぎょう》で、一曲《きょく》ひろうしてもいいか、とミリアムはコーンフィールド先生にたずねました。そして、許可《きょか》をもらうと、ブラームスのハンガリー舞曲《ぶきょく》をバイオリンで演奏《えんそう》しました。演奏《えんそう》がおわると、生徒《せいと》たちは拍手《はくしゅ》かっさいしました。コーンフィールド先生もほほえんでいます。

イーダはほっとして、机《つくえ》の上で紙をすべらせ、となりの席《せき》のミリアムにメッセージをわたしました。

あなたの演奏《えんそう》に、先生もうっとりしていたよ！

それから授業《じゅぎょう》が始《はじ》まり、演劇発表会《えんげきはっぴょうかい》について話し合われました。みんなは、劇《げき》の中で使《つか》う音楽《おんがく》を、ミリアムにバイオリンで弾《ひ》いてほしいと思いました。

「音楽《おんがく》だけでなく、ほかの音も必要《ひつよう》です！」と、イーダのうしろの席《せき》のハティスが大きな声で言いました。「ロビン・フッドと仲間《なかま》たちが森の中を歩くときには、木の枝《えだ》をポキポキ折《お》って足音にしたらいいと思います」

「それに、馬《うま》が舞台《ぶたい》に登場《とうじょう》するときには、半分に切ったヤシの実《み》でパカッパカッパカッて、鳴《な》らしたらどうですか？」と、そのとなりのシベルも言いました。

「悪《わる》くない、まったく悪《わる》くない！」と、ヘンリエッタが言いました。ヘンリエッタはベニーのカバンの中から外《そと》のようすをうかがっています。「ライトの色を変《か》えて魔法使《まほうつか》いの住《す》む森みたいにしたらどう？　あなたの部屋《へや》に、カラフルなラップがあったでしょ。あれをライトにはりつけたらいいのよ……」

ベニーはカメのアドバイスを注意深《ちゅういぶか》く聞いていました。ヘンリエッタは、すばらしいことを思いつきます!

「録音《ろくおん》した音楽《おんがく》も使《つか》えるわね」ヘンリエッタは話しつづけました。「見せ場《ば》は、丸太橋《まるたばし》の上で、リトル・ジョンとロビン・フッドが*六尺棒《ろくしゃくぼう》でたたかうシーンよ。わたしはロンドンでとってもすばらしいお芝居《しばい》を見たことがあるのよ……」

そこで、ベニーは手をあげて指《ゆび》をパチンと鳴《な》らしました。

コーンフィールド先生はベニーをさしました。「ベニー?」

「ライトの色を変《か》えたり、音楽《おんがく》を入れたりしたら、もっとふんいきがよくなると思います」と、ベニーは言いました。「特《とく》に、六尺棒《ろくしゃくぼう》のたたかいのシーンです」

そして、ベニーはヘンリエッタが思いついたことをすべて話しました。

コーンフィールド先生はうなずいて、賛成《さんせい》しました。「とてもいいアイデアだわ、ベニー」と、先生はほめました。

ほとんどすべての生徒《せいと》たちが、週末《しゅうまつ》に台本《だいほん》を読んできました。そして、だれが

*六尺棒《ろくしゃくぼう》:かたい木でできた、およそ一メートル八十センチメートルの長さの棒《ぼう》。護身《ごしん》などに使《つか》う。

どの役《やく》をわりあてられるか、ドキドキしながら待《ま》っていました。

「わたし、ロビン・フッドの恋人《こいびと》、乙女《おとめ》マリアンの役《やく》をやりたいです！」と、ヘレーネが大きな声で言いました。

そんなことだろうとは、みんなも予想《よそう》していました。

「ようすを見ましょう」と、コーンフィールド先生は言いました。「提案《ていあん》ですけど、みんな、一つの役《やく》だけでなく、ほかの役《やく》のセリフも読んで、いくつかの役《やく》に挑戦《ちょうせん》してみたらどうかしら。男子は女性役《じょせいやく》、女子は男性役《だんせいやく》にも挑戦《ちょうせん》してみるの。そして、最終的《さいしゅうてき》に、だれがどの役《やく》を演《えん》じるか、投票《とうひょう》で決《き》めましょうね！」

さて、教室の中は、たちどころに中世《ちゅうせい》の世界《せかい》へとタイムスリップしてしまいました。お城《しろ》のコック、襲撃《しゅうげき》される裕福《ゆうふく》な男爵《だんしゃく》、ロビン・フッドの忠実《ちゅうじつ》な仲間《なかま》、リトル・ジョンとウィル・スカーレット。役《やく》の希望者《きぼうしゃ》たちが、次々《つぎつぎ》に演《えん》じました。

そして、ロビン・フッドの順番《じゅんばん》がくると、ヘンリエッタはベニーをつつき、ベニーがショキーをつつきました。「さあ、行くんだ、かたづけちゃえよ」と、ベニーが言うと、ショキーはほんとうに手をあげました。

コーンフィールド先生は、ショキーに向《む》かってうなずきました。

ショキーは立ちあがりました。*義賊《ぎぞく》の頭《かしら》、ロビン・フッドが、のちの仲間《なかま》となるウィル・スカーレットと出会うシーンを演《えん》じます。

ウィル・スカーレットのセリフは体の大きなサイラスが読みます。サイラスはショキーを見下ろし、にやりとしました。

「やっつけろ、カウボーイ!」ベニーは小声《こごえ》でショキーを応援《おうえん》しました。

ショキーは深《ふか》く息《いき》をすいこみ、おじいさんから教えてもらったことをすべて思いおこしました。「おれのことは、聞いているだろう」ショキーは演技《えんぎ》を始《はじ》め、大げさに手をふりまわしました。まるで、ハエを追《お》いはらっているようです。

「おれはロビン・フッド。そしてここにいるのは」ショキーの声はどんどん大きくなっていきます。「おれの仲間《なかま》! 勇敢《ゆうかん》で忠実《ちゅうじつ》な仲間《なかま》たちだ」このときは、ほとんどさけんでいました。「われわれは、金持《かねも》ちと権力者《けんりょくしゃ》からうばいとった物《もの》で

***義賊**《ぎぞく》:金持《かねも》ちから金品《きんぴん》をぬすみ、それを貧《まず》しい人たちにわけあたえる、正義《せいぎ》を重《おも》んじる盗賊《とうぞく》。

生きている。そして、たたかうことをいとわない」そこで、ショキーは剣《けん》をぬき、はげしくふりまわすまねをしました。「借《か》りを返《かえ》すときが来た」

ショキーは演技《えんぎ》をおえると、深々《ふかぶか》とお辞儀《じぎ》をしました。それから、期待《きたい》に胸《むね》をふくらませ、コーンフィールド先生の顔をじっと見ました。

先生はまゆ毛を高くあげました。「えーと、どうもありがとう、ショキー。今《いま》のは……そうねえ、ちょっと大げさだったわね」

先生がそう言うと、ショキーはさっとこしをおろしました。

「ほかに挑戦《ちょうせん》したい人は？」

先生は教室《きょうしつ》を見わたし、ひとりの生徒《せいと》に目をとめました。「アンナ・レーナ、あなたの番《ばん》よ！」

アンナ・レーナはびっくり仰天《ぎょうてん》して、顔をあげました。「わ、わたしが？」

「この子が？」となりの席《せき》のヘレーネがあっけにとられています。

ほかの生徒《せいと》たちも驚《おどろ》いています。アンナ・レーナは物静《ものしず》かな少女《しょうじょ》で、自分《じぶん》からはあまりしゃべらずに、たいていヘレーネの聞き役《やく》です。そんなわけで、アンナ・レーナが主役《しゅやく》を演《えん》じるなんて、だれもが想像《そうぞう》していませんでした！

コーンフィールド先生はうなずきました。「前へ出て。さあ、始《はじ》め！」

すると、驚《おどろ》くべきことがおこりました。アンナ・レーナはみごとにロビン・フッドを演《えん》じたではありませんか。セリフをまちがえたり、言い直《なお》すシーンもありましたが、クラスのだれもが熱心《ねっしん》に見入ってしまいました。

ロビン・フッドが仲間《なかま》とともに襲撃《しゅうげき》をくわだてる場面《ばめん》では、アンナ・レーナの声はとても説得力《せっとくりょく》がありました。「いいか、みんな、通りを二十歩下れ！　そこに、身《み》をかくすのにちょうどいいやぶがある！」

そして、ロビン・フッドが敵《てき》に攻《せ》め入ろうと仲間《なかま》をうながすシーンでは、だれもが納得《なっとく》するような力強《づよ》い口調《くちょう》でうったえました。

アンナ・レーナは演技《えんぎ》をおえると、自信《じしん》なさそうに顔をあげました。そして、顔を真《ま》っ赤《か》にして、ふらふらしながら自分《じぶん》の席《せき》にもどりました。

「悪《わる》くない、まったく悪《わる》くない！」と、ヘンリエッタは感動《かんどう》しています。ベニーも、ゆっくりうなずきました。

「とてもすばらしい演技《えんぎ》だったわ！　アンナ・レーナ、あなたが主役《しゅやく》を手に入れるチャンスは大きいわ」先生はアンナ・レーナをほめました。

ヘレーネは歯《は》ぎしりをしています。アンナ・レーナが席《せき》につくと、ヘレーネは少《すこ》しばかり横《よこ》にずれて、アンナ・レーナからはなれました。

コーンフィールド先生は、ヘレーネのそんな行動《こうどう》を見のがしません。先生は、まずアンナ・レーナを、それからヘレーネを、長々と見つめました。そのようすに、みんなはどう反応《はんのう》したらいいのかわからず、しんと静《しず》まりかえってしまいました。

ミリアムはノートに大きくはてなマークを描《か》き、イーダの顔を見ました。

けれども、イーダも、肩《かた》をすくめただけでした。

そして授業《じゅぎょう》がおわったときには、いくつかの役《やく》が決定《けってい》しました。サイラスは、ロビンをつかまえようとつけねらうノッティンガムの代官《だいかん》に、マックスは、ロビンの仲間《なかま》で怪力《かいりき》の陽気《ようき》な男、タック修道士《しゅうどうし》を演《えん》じることになりました。イーダは、どんなことにも自信《じしん》がありますが、今回《こんかい》は役《やく》をもらわないことにし

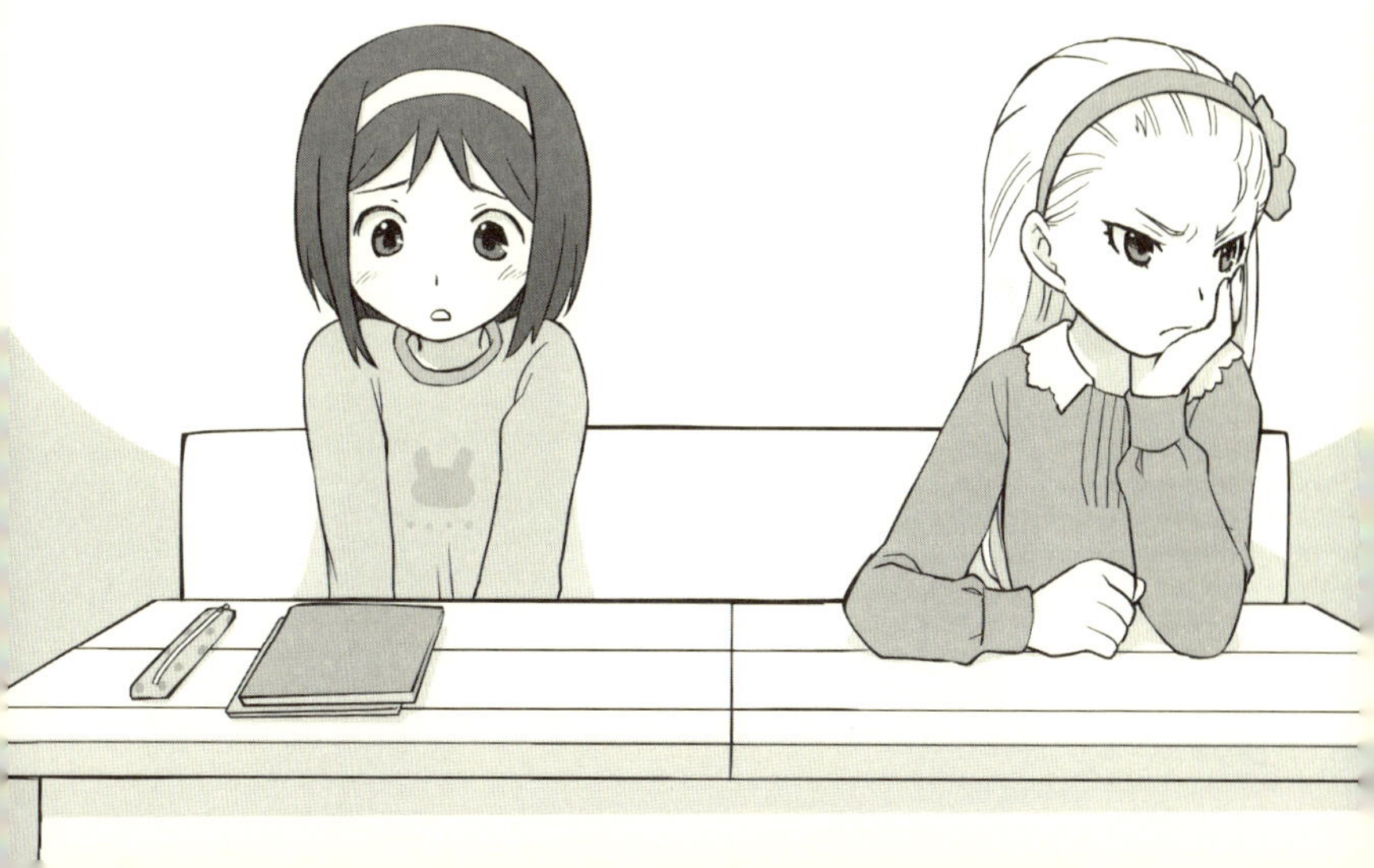

ました。代《か》わりに、進行係《しんこうがかり》を務《つと》めるつもりです。進行係《しんこうがかり》は、さまざまなシーンをどのように進《すす》めていくか細《こま》かく計画《けいかく》する係《かかり》です。計画《けいかく》がきちんとできていなければ、なにもかもがうまくいかなくなってしまうと思ったからです。

コーンフィールド先生は、イーダのもうしでに賛成《さんせい》しました。

ヘレーネは乙女《おとめ》マリアン役《やく》をのがし、腹《はら》を立てていました。マリアンはルナが演《えん》じることになったからです。ルナはブロンドの長い髪《かみ》の少女《しょうじょ》で、クラスのみんなが想像《そうぞう》する乙女《おとめ》マリアンのイメージにぴったり合っていたのです。

「きょうはこれくらいにしておきましょうね」と、コーンフィールド先生は言いました。「残《のこ》りの役《やく》は近いうちに決《き》めるわ。役《やく》をもらわない人たちにも仕事《しごと》をしてもらいます。そういう仕事《しごと》も、役《やく》と同じくらいとても大切《たいせつ》なのよ。たとえば照《しょう》明係《めいがかり》。やってみたい人はいるかしら？」

「ねえ、ねえ、あなたよ！　急《いそ》いで、手をあげて！」ヘンリエッタは興奮《こうふん》し、靴《くつ》箱《ばこ》の中から大きな声で言いました。

ベニーは手をあげて指《ゆび》をパチンと鳴《な》らしました。ほかにはだれも立候補《りっこうほ》しなかったので、ベニーが照明係《しょうめいがかり》になりました。

「まあ、すてき！　あなたはライトをかついで、歩きまわるの。わたしはスイッチの係《かかり》。明かりを消《け》すのって、かくれんぼをしているみたいね」ヘンリエッタはささやきました。

ベニーはヘンリエッタを靴箱《くつばこ》の中から出して、くすぐりながら、満足《まんぞく》そうに言いました。「そうだね」

逃《に》げだしたショキー

ベニーは海賊船《かいぞくせん》の絵のついた毛布《もうふ》を床《ゆか》に広げ、その上でカメとくつろいでいました。ふたりの前には、ベニーが一年生のときに読んだやさしい本が広げてあります。

ベニーは、ヘンリエッタが文字《もじ》を読めないことを知ったとき、とても驚《おどろ》きました。こんなに賢《かしこ》い動物《どうぶつ》なのに、文字《もじ》が読めないなんて！　けれどもヘンリエッタは、長い人生の中で知ったことをすべて記憶《きおく》しているから、わざわざ調《しら》べなくても、さっと思いだせる、と、もっともらしいことを言いました。

それでも、ベニーはヘンリエッタに読み方《かた》を覚《おぼ》えてほしいと思いました。

「読むことくらいできたほうがいいよ」と、ベニーは言いました。

はじめ、ヘンリエッタは文字を見ても、てきとうに当てているだけでした。けれども勉強《べんきょう》をしていくうちに、文字の形を区別《くべつ》できるようになりました。〝ミミ

はいいこ〟が読めるようになりました。〝おいで、オットー、おいで！〟も読めます。それに、〝ミミズはどこ？　みずのなか〟なんていう文章《ぶんしょう》も読めるようになりました。けれどもきょうは、ヘンリエッタは心《こころ》ここにあらずで、落《お》ちつきがありません。校庭《こうてい》にできた穴《あな》のことを考えていたからです。校庭《こうてい》はいつも夜《よる》になるとほりかえされています。

「だれのしわざかしら。犯人《はんにん》を待《ま》ちぶせるのよ！」と、カメは言いました。

「そんなこと、気にするなよ」と、ベニーは言いました。前にヘンリエッタと夜《よる》の冒険《ぼうけん》をしたときに、ベニーはそうじ用具《ようぐ》入れにとじこめられてしまいました。そんなことから、ベニーとしては、できることなら、あまりかかわりたくないと思いました。「穴《あな》のことは校長先生《こうちょうせんせい》にまかせておけばいいんだよ」

「でも、芝生《しばふ》の上は、月の表面《ひょうめん》みたいにでこぼこじゃない。わたし、怖《こわ》いのよ。うっかり穴《あな》に落《お》ちてしまうんじゃないかって！」と、ヘンリエッタはしつこくうったえました。

「ぼくが気をつけているから、心配《しんぱい》ないよ」と、ベニーは約束《やくそく》しました。

真夜中《まよなか》に、ヘンリエッタは目を覚《さ》ましました。窓《まど》の外から小さな音が聞こえてきます。コツン、コツンと、窓台《まどだい》になにかが当たっています。雨でしょうか？

でも、雨音にしては音の調子《ちょうし》が不規則《ふきそく》です。そのとき、またもやコツンと音がしました！　ヘンリエッタはベッドによじ登《のぼ》り、左の前足でベニーのほおをつつきました。

「おきて、ベニー。外になにかいるわ！」カメはささやきました。

ベニーはあくびをし、それからカメといっしょに聞き耳を立てました。

「だれかが窓《まど》に小石を投《な》げているんだよ。だれだ？　そんなことをするのは」ベニーは寝《ね》ぼけまなこでつぶやきました。

「確《たし》かめてみたら？」ヘンリエッタは提案《ていあん》しました。

ベニーはカメの言うとおりにしました。転《ころ》がってベッドから出ると、ずるずる足を引《ひ》きずりながら、窓辺《まどべ》に歩いていきました。ヘンリエッタはベニーの手のひらの上から首《くび》を前へつきだしました。外は真《ま》っ暗《くら》です。街灯《がいとう》の明かりの中に、自《じ》転車《てんしゃ》に乗《の》った人影《ひとかげ》が見えます。帽子《ぼうし》をかぶっているようです。

「ショキーよ」ヘンリエッタは、あっけにとられて言いました。

ベニーは勢《いきお》いよく窓《まど》を開《あ》けました。「こんな時間になにしているんだよ」

「そんなにでかい声を出すなよ」と、ショキーは答えました。「中へ入れてくれるかい？」

ベニーとショキーとヘンリエッタは、海賊船《かいぞくせん》をかたどったベッドにすわり、温《あたた》かい毛布《もうふ》にくるまりました。それから、ショキーが語《かた》り始《はじ》めました。

「テードールじいちゃんとはもういっしょにいられない」ショキーは文句《もんく》を言いました。「朝《ちょう》食《しょく》には、もそもそしたまずいパンしか食べさせてもらえないし」そこで、ショキーは顔をしかめました。「新鮮《しんせん》な空気《くうき》をすって体操《たいそう》と発声練習《はっせいれんしゅう》ができるようにって、週末《しゅうまつ》でも六時にたたきおこされる。そのときに、じいちゃんは西部劇《せいぶげき》のことを話して、ロビン・フッドの演技《えんぎ》をして見せる。そして、最後《さいご》にいつもこう言うんだよ。『おまえは役《やく》を理解《りかい》せにゃあかん。わかっとるのか、ザームエル？』それだけじゃない。じいちゃんの仕事部屋《しごとべや》のパソコンで遊《あそ》ぶのも禁止《きんし》。『こんなものを使《つか》っているとバカになる。それより自分《じぶん》の役《やく》に集中《しゅうちゅう》しろ』って言うんだぜ。それからまた、劇《げき》の話にもどるんだ」ショキーは両手《りょうて》でほおづえをつきました。「ぼく、もうたえられない！」

ベニーとヘンリエッタは顔を見合わせました。「それで、とっとと逃《に》げてきたというわけ？　こんな夜遅《よるおそ》くに？」ベニーはあきれて言いました。

ショキーはうなずきました。「泊《と》めてくれる？」

「もちろん」と、ベニーは言いました。ベニーはこっそりリビンググルームに行っ

て、小さなクッションと毛布《もうふ》をとってきました。それから、ベニーがいつもソファーにしている大きなクッションをふたりでたたいて平《ひら》たくし、ショキーがそこで寝《ね》られるようにしました。

「これでOK《オーケー》」と、ショキーは勇《いさ》ましく言いました。ショキーは寝《ね》るときにも帽子《ぼうし》をとりません。ところが、そうかんたんには寝《ね》られません。やはり、クッションはすわるためのもので、ベッドの代《か》わりにはなりません。五分後《ご》、ショキーはベニーのベッドにもぐりこみました。ベッドのはばがせまいので、ふたりは上下さかさまになって寝《ね》ることにしました。

「お母さん、いつ帰《かえ》ってくるの？」ベニーは足を横《よこ》にずらしてショキーのために場所《ばしょ》をあけてあげました。

「あと、一か月くらいかな。本番《ほんばん》の大きな発表会《はっぴょうかい》までにはもどってくるはずさ。そのときに、じいちゃんは、ぼくが主役《しゅやく》として登場《とうじょう》するのを母さんに見せて驚《おどろ》かしたいんだよ」

それから、ショキーは声を変《か》えて言いました。「わすれるな、きみらがもっともたよりにできる友がだれかということを！　助《たす》けが必要《ひつよう》とあらば、いつでもわれらのもとへ使《つか》いをよこせ！」

「なんだ、ロビン・フッドの役《やく》、うまいじゃないか」ベニーはうとうとしながらつぶやきました。

「やめてくれよ。オーディションで失敗《しっぱい》したことは、じいちゃんにはまだ話してないんだ」ショキーは壁《かべ》に体をよせました。「そんなことを知られたら、ぼくはもうおしまいさ」

故障《こしょう》したモリソンさんのバス

火曜日の朝。ミリアムは学校へ向《む》かうとちゅうにたずねました。「ねえ、次《つぎ》のふしぎな動物《どうぶつ》は、いつ来るの？」

「わからないのよ」と、イーダは答えました。「ふつう、動物《どうぶつ》をもらう人は、モリソンさんからお知らせをもらうことになっているの。心《こころ》の準備《じゅんび》ができるようにね」イーダはもの問《と》いたげにラバットを見ました。けれども、ラバットは肩《かた》をすくめただけで、なにも言いません。

「まあ、なぞの男ミスター・モリソン！」ミリアムはバイオリンケースをぶらぶらとふりながら、ため息《いき》をつきました。ミリアムは、毎日、学校へバイオリンを持《も》っていきます。クラスのだれかに、鳥《とり》のさえずる声を弾《ひ》いてほしいとか、そんなようなことをたのまれるからです。

「やっぱり、マジック動物《どうぶつ》ハウスの持《も》ち主《ぬし》に会ってみたいな。ラバットにお願《ねが》いしたらどうかしら？　見学会《けんがくかい》のようなものを計画《けいかく》してもらうの。それで、モリソンさんにお店《みせ》の中を案内《あんない》してもらって、すべてを見せてもらうのよ」と、ミリアムは言いました。

ラバットは、イーダとミリアムのやりとりをしっかり聞いていました。そして、腹《はら》を立ててうなりました。

「ぼくは家《いえ》の見学会《けんがくかい》なんて計画《けいかく》しない。不動産屋《ふどうさんや》じゃあるまいし！」ラバットは文句《もんく》を言いました。

「それはむりよ」イーダはさっと答えました。「モリソンさんには、わたしが誓《ちか》いを守《まも》らなかったことを知られてはならないの」

ふたりの少女《しょうじょ》は、《しなのき並木《なみき》通り》と《シラー通り》の交差点《こうさてん》にやってきました。

「なにかあったのかしら？」ミリアムは驚《おどろ》いて言いました。

信号《しんごう》が青なのに、交差点《こうさてん》の車はまったく動《うご》きません。何人《なんにん》かの運転手《うんてんしゅ》がクラクションを鳴《な》らしています。車からおりて、手をふりまわして怒《おこ》っている人もいます。そんな中、黒いヘルメットをかぶった自転車《じてんしゃ》の男の人が、ベルを鳴《な》らしながら車の間をくねくねとたくみにすりぬけていきました。

交差点《こうさてん》の真《ま》ん中《なか》で、窓《まど》ガラスに色のついた古《ふる》めかしいバスが立ち往生《おうじょう》していました。開《ひら》いたボンネットから、シューシューと音をたてて水蒸気《すいじょうき》がたちのぼっています。バスの横《よこ》には男の人が立っていますが、水蒸気《すいじょうき》におおわれて、顔が見えません。

「なんてこった！」ラバットはびっくり仰天《ぎょうてん》しています。

「あらまあ」イーダも言いました。

ミリアムには、親友《しんゆう》の声が聞こえていませんでした。どことなく奇妙《きみょう》な感《かん》じのバスに見入っていたからです。バスの車体《しゃたい》の横《よこ》でなにかが動《うご》いています。窓《まど》の下で入りみだれておどっているのはカラフルな文字です。ミリアムがじっと見ていると、文字がさっと一列《れつ》に並《なら》びました。

「マジック動物《どうぶつ》ハウス……」と、ミリアムは文字を読みあげました。

「イーダ！」ミリアムは驚《おどろ》いて、親《しん》友《ゆう》の服《ふく》のそでを引《ひ》っぱりました。「あのバス、マジック動物《どうぶつ》ハウスのバスよ！」

ラバットはうめき声をあげました。

イーダはため息《いき》をつきました。「そうよ。で、雲の中にいる、あのかわいそうな人がモリソンさんよ！」

その瞬間《しゅんかん》、蒸気《じょうき》が晴れてきました。やはりそうです。マジック動物《どうぶつ》ハウスの主《しゅ》人《じん》、モリソンさんです。モリソンさんはいつものように革《かわ》のブーツをはき、グレーのスモックを着《き》ています。そして手には、作業用《さぎょうよう》の手袋《てぶくろ》をはめていました。いっ

もより、そわそわしているように見えます。

ミリアムはバイオリンのケースをおいて、小声で言いました。「これはきょうれつ。肩《かた》にのっているのはなに？」

「モリソンさんのふしぎな動物《どうぶつ》。カササギのピンキーよ」と、イーダは説明《せつめい》しました。

「うわあ！」ミリアムの目はさらに大きく広がりました。

モリソンさんは、近くに止《と》まっている車のほうに歩いていきました。助《たす》けをお願《ねが》いするのでしょう。

ミリアムは、今《いま》がチャンスだと思いました。

「バスの中には、もっと動物《どうぶつ》がいるんでしょ？　しっかり見ておかないとね！」

ラバットとイーダが止《と》めようとする前に、ミリアムは交差点《こうさてん》の中へすたすた入っていってしまいました。

「ねえ、やめなさいよ！　ラバット、ミリアムを止《と》めて！」イーダはさけびました。

ラバットはすさまじい勢《いきお》いでジャンプし、ミリアムに追《お》いつきました。ミリアムはすでにバスのドアの前にいます。

ラバットはうなり声をあげて威嚇《いかく》しながら、姿勢《しせい》を低《ひく》くし、飛《と》びかかるしぐさを見せました。ミリアムにも、ラバットの意思《いし》がはっきりと伝《つた》わりました。ミリアムはさっと身《み》を引《ひ》きました。けれども、好奇心《こうきしん》には勝《か》てません。

「かんだりしないでしょ、ぬいぐるみちゃん」と、ミリアムは言ってドアにふれました。ほんの少《すこ》し動《うご》かしただけで、ドアは開《ひら》いてしまいました。バスの中ではラジオが流《なが》れ、女性《じょせい》の歌声がひびいています。ドイツのヒットソングです。

「ストップ！」イーダはミリアムのうしろからさけびました。

けれどもミリアムは、そのままバスの中に入ってしまいました。

あれはなに？　そのとき、オリーブ色のヘビがくねくねと身《み》をくねらせながらバスの外《そと》へ出てきました。イーダはぎょっとして、さけびました。ヘビはすべるようにバスをおりると、いったん止《と》まってちょこっと頭をあげました。それから、あいかわらず入りみだれて止《と》まっている交差点《こうさてん》の車の間に、姿《すがた》を消してしまいました。

「アシャンティ！」ラバットはうめき声をあげました。

「ミリアムが、ブラックマンバを逃《に》がしちゃったよ。世界《せかい》でもっとも危険《きけん》な毒《どく》ヘビをね！」ラバットは非難《ひなん》するような目でイーダを見ました。「きみの友だちは、がまんってものができないの？」

そのとき、ミリアムがバスの外に顔を出して、手をふりました。「ねえ、イーダ、

おいでよ。中にミーアキャットの家族《かぞく》がいる！　それに、オウムも一羽《わ》いるよ！」

と、大声で言いました。

「ちょっと、ミリアム！　すぐにバスからおりなさい！」イーダはどなりました。

けれどもミリアムは、またもやバスの中に姿《すがた》を消《け》してしまいました。それでも、声だけはイーダにも聞こえてきます。

「うわあ、コアラ。わあ、のどあめのようなにおい。ユーカリかしら？　それに、ミニポニーもいる！　イーダ、ミニポニーよ！　うわあ！　かわいい！」

「ミリアム！　お願《ねが》いだから！　中へ入ってはいけないの！」イーダはいらいらしながら、モリソンさんのほうを見ました。モリソンさんは、ほかの車の運転手《うんてんしゅ》と言いあらそっています。そこへ、別《べつ》の男の人がやってきて、話に加《くわ》わりました。

「ラバット、なんとかして！」イーダは破《やぶ》れかぶれになってさけびました。

じきに、モリソンさんがもどってきてしまいます。ここから立ちさらなければなりません！

ラバットは、ノルウェーの暗《くら》いほら穴《あな》でくらしていたときのことを思いおこしました。そして、頭を低《ひく》くし、歯《は》をむきだして、うなりました。イーダは、ラバットのこんな姿《すがた》を見たのははじめてです。

ミリアムがふたたびバスのドアから顔を出したその瞬間《しゅんかん》、ラバットはミリアムに飛《と》びかかりました。もうれつに怒《いか》りくるったキツネは、するどい歯《は》をむき、ミリアムを外《そと》へ追《お》いやりました。

イーダも夢中《むちゅう》になってミリアムをバスから引《ひ》きずりおろしました。

「な、なによ？」ミリアムはラバットを見つめ、おびえています。

そして、イーダとミリアムとラバットが通りの反対側《はんたいがわ》へちょうどわたりきったところで、モリソンさんがバスにもどってきました。モリソンさんはひどく怒《おこ》っているらしく、ぶつぶつ文句《もんく》を言っています。ほかの運転手《うんてんしゅ》たちにたのんでみたものの、助《たす》けをえられなかったのでしょう。モリソンさんはふたたびエンジンをのぞきこみました。そして、三秒後《びょうご》に顔をあげたとき、モリソンさんの顔は苦痛《くつう》にゆがんでいました。手袋《てぶくろ》の指先《ゆびさき》が黒くなっています。指《ゆび》をやけどしてしまったのです。

「かわいそうなモリソンさん！」イーダはため息《いき》をつきました。

「ぼくらで助《たす》けてあげないと！」ラバットは大きな声で言いました。

そのとき、茶《ちゃ》色い髪《かみ》の少女《しょうじょ》があらわれ、モリソンさんのほうへ歩いていきました。アンナ・レーナです。

「ねえ、見て、ロビン・フッドよ！　めぐまれぬ者《もの》に救《すく》いの手をさしのべる正義《せいぎ》の味方《みかた》！」ミリアムは、のんきにプルオーバーについたほこりをたたき落《お》としました。

「だまりなさいよ！」イーダは声を荒《あら》げました。イーダはミリアムに腹《はら》を立てていました。モリソンさんのバスの中に入るなんて！　どうしてそんなことができるのでしょうか？　勝手《かって》に入ったことがばれたら、責任《せきにん》をとらされるのはイーダなのです！　なにしろ、ミリアムはブラックマンバのアシャンティを逃《に》がしてしまったのですから！

　みんなは、アンナ・レーナがモリソンさんと静《しず》かに話しているところを見守《みまも》っていました。エンジンから立ちのぼる水蒸気《すいじょうき》がうすくなってくると、こんどはクラクションを鳴《な》らす人の数がふえてきました。

「警察《けいさつ》がこっちに向《む》かってる。そうしたら、そこのポンコツをどかしてもらえるぞ！」ひとりの男の人がどなりました。

　アンナ・レーナはカバンの中から大きな水筒《すいとう》をとりだし、モリソンさんにわたしました。モリソンさんは水筒《すいとう》を受《う》けとると、前かがみになってラジエーターに水をかけました。シュッと蒸気《じょうき》があがり、雲が消《き》えると、モリソンさんはボンネットをしめました。

「まあ親切《しんせつ》！」イーダは驚《おどろ》きました。

　モリソンさんがほっとしているのが、表情《ひょうじょう》でわかりました。そして、モリソンさんはアンナ・レーナの肩《かた》に手をおいて、なにやら言いました。

すると、アンナ・レーナの顔がぱっと明るくなりました。

けれども、ミリアムの顔は、もっときらきらかがやいています。ミリアムは、イーダがひどく怒《おこ》っているのに、まったく気づいていません。

「あのバス、びっくりするほどすごいのよ！　イーダ、どこがすごいかわかる？　ライオンの檻《おり》まであったと思うの！」ミリアムはひとりでぺらぺらしゃべっています。

「もう、あなたの話は聞きたくない」と、イーダは言いました。

ミリアムは、それでもおかまいなしに話しつづけています。「暗《くら》すぎて、はっきりわからなかったけれど、ネズミのチュウチュウ鳴《な》く声が聞こえたし、頭の上でなにかがパタパタはばたいてた。それに、鹿《しか》の鳴《な》き声も聞こえたの！」

「鹿《しか》の声？　鹿《しか》も乗《の》ってるの？」イーダはあっけにとられました。それから、ミリアムをにらみつけて言いました。「ふしぎな動物《どうぶつ》の姿《すがた》が、どうしてそんなによく見えるのよ。だれにも助《たす》けてもらっていないのに」

「まあ、これでわたしもクラブの一員《いちいん》ね」ミリアムは楽しそうに言いました。

「ねえ見て。向《む》こうにペンギンがいる。信号《しんごう》が青になるのを待《ま》ってるわ！　となりにいるのはジョーね。すてき！　ちょっとあいさつしてこよっと」ミリアムは、バイオリンのケースをつかむと、楽しそうにスキップしながら行ってしまいました。

とりのこされたイーダとラバットは、ぼうぜんと立ちつくしたままでした。

テーオドールじいちゃんは映画俳優《えいがはいゆう》

ベニーの両親《りょうしん》、シューベルト夫妻《ふさい》は銀行《ぎんこう》で働《はたら》いています。そんなわけで、毎朝、早い時間に家《いえ》を出てしまいます。けさも、テーブルの上にはベニーの朝食《ちょうしょく》が用意《ようい》されていました。しぼりたてのオレンジジュースまであります。

ベニーとショキーはくつろいでいました。

ふたりでトーストにジャムをぬっていると、ショキーがため息《いき》をつきました。

「いいなあ。ぼくも、ふしぎな動物《どうぶつ》がほしいよ」ショキーは正直《しょうじき》な気持《きも》ちをうちあけ、うらやましそうにヘンリエッタを見ました。

ヘンリエッタはテーブルの上で、テレビ番組雑誌《ばんぐみざっし》の広告《こうこく》を読んでいます。

「タマゴは病気《びょうき》のもと」と、カメが読みあげました。「まあ、ちっとも知らなかった！」

「タバコは病気《びょうき》のもと！」ベニーはさりげなく訂正《ていせい》しました。

「ぼくをじいちゃんから救《すく》いだしてくれる動物《どうぶつ》がいてくれたらなあ」ショキーはヘンリエッタから目をはなさずに話しつづけました。「きのうの昼食《ちゅうしょく》はジュルツェだったんだ。ジュルツェって知ってるか？」

ベニーは首《くび》を横《よこ》にふりました。

「ゼリーでかためた、ぬるぬるの食べ物《もの》で、中にいろんな肉《にく》のかけらが入っているんだよ。めちゃくちゃ気持《きも》ち悪《わる》いんだ」ショキーは自分《じぶん》のおなかをトントンたたきました。「こんなへんなものばっかり出されていたら、ぼくはガリガリになっちゃうよ」

ベニーは笑《わら》いました。

ショキーは深《ふか》く息《いき》をすいこみました。「きょう、学校がおわったら、テーオドールじいちゃんのところへいっしょに来てくれないかな」ショキーは言いました。「ぼく、怖《こわ》いんだよ。しかられるのが。きっと、きのうの夜《よる》は、ずっとぼくをさがしていたにちがいない」

「うわあ」ベニーも、ショキーのおじいさんに会うのは、気がひけます。けれどもショキーばかりか、ヘンリエッタも、祈《いの》るような表情《ひょうじょう》でベニーを見ています。これでは、ベニーは首《くび》をたてにふるしかありません。「わかったよ、行くよ。どこへ行くか、パパやママにメモを書いておかないとね。でも、そのジュルツェはぜったいに食べないよ！」

その日の授業《じゅぎょう》で、コーンフィールド先生は生徒《せいと》たちをビシビシきたえました。算数《さんすう》の授業《じゅぎょう》ではテストをし、社会《しゃかい》の授業《じゅぎょう》では下水処理場《げすいしょりじょう》の施設《しせつ》や設備《せつび》の図《ず》を描《か》かせました。

ヴォンドラチェクさんのきげんはますます悪《わる》くなるばかり。きょうも、気むずかしい顔をして、売店《ばいてん》のカウンターに立っています。「あんな穴《あな》はもう見たくないよ！」と、ヴォンドラチェクさんは、ショキーからココアの代金《だいきん》を受《う》けとりながら怒《おこ》りました。「その上、夜《よる》に校庭《こうてい》を見張《みは》れだなんて！　校長《こうちょう》先生はとんでもないことを考えるものだ！」

体育《たいいく》の授業《じゅぎょう》では、ペンギンのユーリがちょっぴり悪《わる》ふざけをしました。体育担当《たいいくたんとう》のベルクマン先生が見ていないすきに、トランポリンの上でぴょんぴょん飛《と》びはねて、キャッキャと声をあげました。「ぼく、飛《と》べるぞ、ジョー、見てよ、ぼく飛《と》んでいるよ！」ペンギンは、ジョーが体育館《たいいくかん》のはしにいても聞こえるくらいの大きな声で、歓声《かんせい》をあげました。

その後《ご》、ふしぎな動物《どうぶつ》のことを知らないベルクマン先生は、体育館《たいいくかん》のすみに大きなペンギンのぬいぐるみが転《ころ》がっているのを見つけて、驚《おどろ》きました。そして、

首《くび》をふりながら、大きな声で言いました。「どうしてこんなところに、ぬいぐるみがあるのよ！」

生徒《せいと》たちは笑《わら》いをこらえています。そして、先生が別《べつ》の方向《ほうこう》に向《む》いたとたんに、ペンギンはさっそくまたぴょんぴょん飛《と》び始《はじ》めました。あまりにも高く飛《と》びすぎて、最後《さいご》には天井《てんじょう》にゴツンと頭をぶつけてしまったほどです。

「いててっ！」ペンギンは声をあげました。

それを見ていて、みんなは心配《しんぱい》そうな顔になりました。

放課後《ほうかご》、ベニーとショキーはテーオドールじいちゃんの家《いえ》に向《む》けて出発《しゅっぱつ》しました。ヘンリエッタはベニーのカバンの中から外《そと》をながめています。鼻《はな》に風がふきつけます。カメは、かくれんぼと同じくらい、自転車《じてんしゃ》に乗《の》せてもらうのが好《す》きです。走《はし》りながら、カメは道《みち》ばたの標識《ひょうしき》や看板《かんばん》の文字《もじ》を読みました。「テイづくりのことなら、おまかせ」カメはうれしそうに大きな声で言いました。

ベニーはにっこりしました。「庭《にわ》だよ、ヘンリエッタ。〝にわづくり〟って読むんだ！」

ショキーのおじいさんは、町のはしにある長屋式《ながやしき》の家《いえ》に住《す》んでいます。ベニーとショキーは自転車《じてんしゃ》を柵《さく》に立てかけました。玄関《げんかん》へ向《む》かう足どりはどんどん重《おも》くなっていきます。

ベニーは、ショキーがひどく青ざめているのに気がつきました。ふたりはドアの前で立ちどまりました。ショキーは深呼吸《しんこきゅう》をすると、ドアを開《あ》けました。

「じいちゃん、ただいま」ショキーは玄関《げんかん》を入ると大きな声で言いました。「友だちを連《つ》れてきたよ。ベニーっていうんだ！」

ベニーはおぼつかない足どりで廊下《ろうか》を進《すす》みました。うす暗《ぐら》くて、なんとなく不《ぶ》気味《きみ》です。それに、ザウアークラウト*のにおいがします。廊下《ろうか》のすみにはよごれた長靴《ながぐつ》がおいてあり、洋服《ようふく》かけには黄《き》色いレインコートがかかっています。年《とし》をとったといっても、おじいさんはカウボーイ。どんな天気であろうと勇《いさ》ましく外

＊ザウアークラウト：塩漬《しおづ》けにして発酵《はっこう》させたキャベツ。ドイツの伝統料理《でんとうりょうり》。

へ行くのだろう、とベニーは考えました。

キッチンのドアが開《あ》いています。ベニーはショキーの肩《かた》ごしに、ちらりと中をのぞきました。いくらか年《とし》をとった男の人が、ドアに背中《せなか》を向《む》けてすわり、新聞《しんぶん》を読んでいます。この人が、かの有名《ゆうめい》な俳優《はいゆう》です！

「こんにちは」と、ベニーはもじもじしながらあいさつしました。

おじいさんは半分体をひねりました。

おや、昔《むかし》はきっととてもかっこいいカウボーイだったんだろうな！　ベニーはそんなふうに思いました。

おじいさんはたくましい体つきで、暗《くら》い色の髪《かみ》、よく日焼《ひや》けしたしわだらけの肌《はだ》、それに、するどい青い目をしています。カウボーイのイメージにそぐわない点があるとすれば、トレーニングウェアを着《き》ていることぐらいでしょう。おじいさんはベニーとショキーを見ました。ベニーはごくりとつばをのみこみ、おじいさんが今《いま》にも拳銃《けんじゅう》の引《ひ》き金《がね》を引《ひ》くのではないかと、ちょっぴり期待《きたい》しました。

さあ来るぞ、雷《かみなり》が落《お》ちる！　ベニーはかまえました。

ところが、なにもおこりません。「よく来てくれたね、ベニー」おじいさんは親《した》しみをこめて言いました。「腹《はら》がへっただろう。なにか食べるかね？」

おじいさんは立ちあがり、戸棚《とだな》を開《あ》けました。「ザウアークラウトはわしがひとりで平《たい》らげちまった。あるのは牛肉《ぎゅうにく》の塩漬《しおづ》け、それに、塩水《しおみず》につけたニシンと……」

「悪《わる》くない、まったく悪《わる》くない」と、ベニーのカバンの中から小さな声が聞こえてきました。「わたしはニシンにするわ！」

「しっ！」ベニーは小声で言いました。

テーオドールじいちゃんは、こんどは冷蔵庫《れいぞうこ》を開《あ》けました。「ああ、レバーを焼《や》いてやろうか！　ブラウンソースとライスもそえて！」

ベニーもショキーも、はげしく首《くび》を横《よこ》にふりました。

「けっこうです」と、ショキーはていねいにことわりました。

「ねえ、聞いてみてよ。キュウリはないかしら」背中《せなか》から声がします。

「だめだってば、あきらめて」ベニーは答えました。これは、ヘンリエッタへの返事《へんじ》です。

ショキーは目を丸くしてベニーを見ました。

そのとき、ショキーのおじいさんが勢《いきお》いよくふり返《かえ》りました。おじいさんの青い目がきらりと光り、ベニーを見すえています。「わしにそんな言い方《かた》をするのかね?」おじいさんはきびしい口調《くちょう》でたずねました。「そういうことは、わしは好《す》かん」

ベニーは顔を赤らめ、床《ゆか》を見つめました。

ベニーには、ショキーの気持《きも》ちがだんだんわかってきました。こんなふうにきびしい人から劇《げき》のレッスンを受《う》けても、きっと楽しくないでしょう。おかげでヘンリエッタは口をとじて、静《しず》かになりました。

おじいさんは冷蔵庫《れいぞうこ》をしめると、ショキーに向《む》かって言いました。「ロビン・フッドの役《やく》はとれたか？」

「えーっと、ま、まだ、き、決《き》まっていないんだ」と、ショキーはつかえながら言いました。

「先生は、なにをそんなにじらしているのかね？」テーオドールじいちゃんはぶつぶつ言いました。「まあいいだろう。あとでセリフのけいこをしよう。わしの孫《まご》が、主役《しゅやく》にならないなんて、とんでもないことだ」そして、おじいさんはベニーのほうを向《む》きました。「で、きみはなんの役《やく》かね」

「ぼくは照明係《しょうめいがかり》です」と、ベニーは言いました。

「わたしはベニーを手伝《てつだ》うの」と、ヘンリエッタがまたもや口を出しました。べニーは自分《じぶん》の背中《せなか》に手をまわし、カバンを勢《いきお》いよくしめました。すると、ヘンリエッタは頭を引《ひ》っこめました。

「ちょっと！」ヘンリエッタは怒《おこ》って大きな声で言いました。

「そうか、照明係《しょうめいがかり》かね」おじいさんはうなずきました。「りっぱな少年《しょうねん》だ。だがな、もっときびしい仕事《しごと》が舞台《ぶたい》にはあるぞ。教えてやろう」

ショキーはすまなそうにベニーを見ました。ショキーには、これからなにがおこるのか、予想《よそう》できているのでしょう。はたして、予想《よそう》どおりの展開《てんかい》です。

「わしが映画《えいが》に出演《しゅつえん》していたときには」と、おじいさんは話し始《はじ》めました。

「一日、二十四時間、ずっと、夢中《むちゅう》になって台本《だいほん》を覚《おぼ》えたものだ。わしは台本《だいほん》をはじめからおしまいまで、すっかり覚《おぼ》えてしまったよ。わしは自分《じぶん》の役《やく》の世界《せかい》に生きていた。昼《ひる》も夜《よる》もぶっとおしで」おじいさんはふたりの少年《しょうねん》にするどい視線《しせん》を向《む》けると、くりかえしました。「昼《ひる》も夜《よる》もぶっとおしでね」そして、少年《しょうねん》たちが目の前にいるのに、とつぜん大きな声で言いました。「それにひきかえ、きみ

らは夜《よる》になにをしている？」

いよいよ来るぞ、とベニーはかくごして、首《くび》をすくめました。

テーオドールじいちゃんは大声で言いました。「しゃあしゃあとベッドに転《ころ》がり、グウグウいびきをかいているんだろうが！」

「まあ！　とんでもない！」カバンの中から声がしました。

ベニーはカバンをたたきました。

「はずれ」と、ヘンリエッタは楽しそうに言いました。

「さっきからカバンを気にしているようだが、どうかしたのかね？」おじいさんはきびしい目でベニーをじっと見ました。「じゃまなら、おろしなさい！」

「えっと、このままぼくの部屋《へや》へ行くよ。宿題《しゅくだい》をしにね」ショキーはそう答えると、あわててベニーをキッチンの外へ連《つ》れだしました。

「じいちゃん、気がついていないようだな。ぼくが夜中《よなか》にいなかったのを」ショキーは、階段《かいだん》をのぼりながらつぶやきました。「おかしいなあ」

「おじゃまします、モリソンです！」

ヘレーネ・マイは、人をこき使《つか》うのが大好《だいす》きです。そのヘレーネと仲《なか》よしなのは三人の少女《しょうじょ》、カティンカ、フィンヤ、それに、アンナ・レーナです。

「カティンカ、クッキーをとってきて」ヘレーネがこう言うと、カティンカはさっととりに行きます。「フィンヤ、鉛筆《えんぴつ》けずって」すると、フィンヤは夢中《むちゅう》になって、鉛筆《えんぴつ》をけずります。そして毎朝、アンナ・レーナはヘレーネのピンクのプリンセス柄《がら》のリュックサックをかついで、教室まで運《はこ》びます。けれども、きょうはいつもとちがいます。アンナ・レーナは、運《はこ》ばせてもらっていません。

木曜日の一時間目の授業《じゅぎょう》が始《はじ》まる前のこと。イーダは、ヘレーネとアンナ・レーナの関係《かんけい》がいつもとはちがうことに気がつきました。ヘレーネはリュックサックをフィンヤに運《はこ》ばせています。アンナ・レーナは悲《かな》しそうにうしろからとぼとぼついてきます。アンナ・レーナが机《つくえ》の横《よこ》まで来たところで、ヘレーネがすばやく言いました。「きょうからここはフィンヤの席《せき》」そして、アンナ・レーナに背中《せなか》を向《む》けました。アンナ・レーナはしょんぼりして、カティンカのとなりの席《せき》につきました。カティンカはアンナ・レーナを見つめ、とまどっています。自分《じぶん》もいっしょになってアンナ・レーナをいじめなければならないのか、わからなかったからです。

「意地悪警報《いじわるけいほう》!」ラバットはうなりました。

「ほんと、そうよね」イーダはラバットの意見《いけん》に賛成《さんせい》しました。

ヘレーネがひどく腹《はら》を立てているのは、すぐにわかりました。美《うつく》しい乙女《おとめ》マリアンの役《やく》をのがすと、こんどは主役《しゅやく》になりたいと言いだしました。大役《たいやく》をアンナ・レーナにわたしたくないのです。ロビン・フッド役《やく》のオーディションはなんどもおこなわれました。そのたびに、ヘレーネは手をあげて立候補《りっこうほ》し、じゅうぶんに演技力《えんぎりょく》を見せつけました。ヘレーネに才能《さいのう》があるのは、だれの目にもはっきりとわかりました。

しかし、アンナ・レーナも負《ま》けていません。オーディションを重《かさ》ねるごとに自《じ》信《しん》をつけ、しだいに上手《じょうず》になっていきました。

きょうもまた、ふたりは競《せ》りあいました。

「さて、これだけは決《き》まったようね。わたしたちのロビン・フッドは女の子になるわ」コーンフィールド先生は、オーディションがおわると言いました。

「月曜日には投票《とうひょう》で決《き》めましょうね。その週の土曜日には、ホームの方《かた》たちの前で発表《はっぴょう》よ」

そのとき、とつぜん、だれかがドアをノックしました。来客《らいきゃく》の予定《よてい》はないはずです。

それとも、約束《やくそく》があるのでしょうか？　イーダはアンナ・レーナのほうを見ました。アンナ・レーナは目を見開《みひら》いてドアを見つめ、そわそわしながら手をもんでいます。

「お入りください！」コーンフィールド先生は、大きな声で言いました。

ドアが開《ひら》きました。モリソンさんです。モリソンさんの右の肩《かた》にはカササギのピンキーがすわっています。

教室中《きょうしつじゅう》に、こそこそと話す声が広がりました。ショキーは飛《と》びあがり、すぐに席《せき》につきました。

「あら！」コーンフィールド先生も、モリソンさんが来るとは思っていなかったようです。先生はくるくるカールの髪《かみ》をとめている編《あ》み棒《ぼう》を一本引《ひ》きぬくと、それで教卓《きょうたく》をコツコツたたきました。先生のきびしい視線《しせん》がさっとミリアムに向《む》けられ、それから、モリソンさんにもどりました。

そこで先生は、編《あ》み棒《ぼう》をわきへおいて、引《ひ》きだしから紙を一枚《まい》とりだし、ミリアムにわたしました。「事務室《じむしつ》に行って、三枚《まい》コピーをとってきてちょうだい。きょうの午後《ごご》の父母面談《ふぼめんだん》の資料《しりょう》にするの」

これは、ミリアムを教室から追《お》いだすための口実《こうじつ》だと、イーダとミリアムにはわかっていました。なにしろミリアムには、モリソンさんのひみつを知る資格《しかく》がないのですから。

「あとで話してよね。いいわね？」ミリアムはイーダに耳うちすると、しょんぼり教室を出ていきました。

ミリアムがいなくなると、モリソンさんは前に立って、帽子《ぼうし》を軽《かる》くあげてあいさつしました。

「おじゃまします、モリソンです！　マジック動物《どうぶつ》ハウスの主人《しゅじん》です」モリソンさんは先生に向《む》かってぺこりとお辞儀《じぎ》をしました。ピンキーもいっしょになって頭をさげました。みんなはクスクス笑《わら》いました。先生もほほえみました。さっきまでのきんちょう感《かん》がなくなり、リラックスしているようです。

イーダは、机《つくえ》の下に目をやりました。ラバットが横《よこ》になり、興味津々《きょうみしんしん》に前を見ています。イーダが自分の太ももをポンポンとたたくと、キツネはさっとイーダのひざに飛《と》びのりました。イーダはラバットにふれていたかったのです。

モリソンさんは生徒《せいと》たちを調《しら》べるように見わたしました。「きょうは、二つの理由《りゆう》があってここへ来ました。一つは、残念《ざんねん》なこと。えー、そのー、ちょっとした問題《もんだい》がおこったんだ。ブラックマンバのアシャンティが、またもや逃《に》げだしてしまった」

コーンフィールド先生はぎょっとして、モリソンさんを見つめました。

モリソンさんは帽子《ぼうし》をとって、頭をかきました。「どうしてこんなことになったのか、ぼくにもわからない。もしもヘビを見かけたら、すぐにコーンフィールド先生に知らせてください。アシャンティを見つけても、さわらないように！　とっても危険《きけん》だからね！　ブラックマンバは、世界《せかい》でもっとも危険《きけん》な毒《どく》ヘビに数えられているんだよ」

教室中《じゅう》にひそひそと話す声がひびきわたりました。

「なんてこった」ベニーはつぶやきました。

それから、モリソンさんはほほえみました。危険《きけん》な動物《どうぶつ》の話などなかったように、やさしい表情《ひょうじょう》をしています。

「もちろん、ここへ来た一番《ばん》の理由《りゆう》は、ふしぎな動物《どうぶつ》をわたすためだよ」と、モリソンさんが言うと、ピンキーも夢中《むちゅう》になってうなずきました。

「そりゃあそうでしょうよ」ヘレーネは、冷《ひ》やかすように言いました。ヘレーネは、モリソンさんのことなどなんとも思っていないと、ことあるごとにほのめかしています。

「連《つ》れてきたのは一匹《ぴき》だけですか？　ぼくは、いつになったらワニがもらえるんですか？」サイラスが大きな声で言いました。

「わたしのユニコーンは？」ヘレーネがいっしょになって言いました。

ヘンリエッタはベニーの肩《かた》の上で、ベニーの耳たぶをかじっています。ベニーはくすぐったいのをがまんして、笑《わら》いをこらえていました。そのときベニーは、ショキーの顔が青ざめているのに気がつきました。これからふしぎな動物《どうぶつ》をもらおうとしているのに？　それともちがう？　クラスの生徒《せいと》は二十四人。そのうち、ふしぎな動物《どうぶつ》をもらったのはまだ三人……。

モリソンさんはゆっくりと教室の中を歩きまわりました。「思いだしてほしい。ぼくがふしぎな動物《どうぶつ》について話したことを。きみとパートナーになれる動物《どうぶつ》は、きみと会話《かいわ》できる。だけど、それはきみとだけで、ほかの人とは話せない。それに、動物《どうぶつ》が話していることは、きみにだけしか聞こえないんだよ」

「わかってるさ」サイラスが口をはさむと、コーンフィールド先生がきびしい目つきでサイラスを見ました。

「きみたちのふしぎな動物《どうぶつ》は、決《けっ》してきみを見はなさない」モリソンさんは、サイラスの言葉《ことば》には答えずに、そのまま話しつづけました。「きみたちは、思いえがいているような忠実《ちゅうじつ》なパートナーを手に入れるんだ」

イーダはラバットをぎゅっとだきしめました。

それからモリソンさんは、ドアのほうへ行きました。

イーダはアンナ・レーナを見ました。アンナ・レーナは顔をかがやかせています。モリソンさんが木箱《きばこ》を持《も》ってもどってくると、アンナ・レーナは勢《いきお》いよく立ちあがりました。コーンフィールド先生はほほえみ、小さく手をふって、アンナ・レーナを止《と》めました。「すわって待《ま》っていなさいね、アンナ・レーナ」

アンナ・レーナは言われたとおり、自分《じぶん》の席《せき》につきました。

モリソンさんは木箱《きばこ》の上に身《み》をかがめ、二言三言《ふたことみこと》、ささやきました。けれども、なにを言っているのか、だれにもわかりませんでした。

イーダには、お別《わか》れのあいさつをしているように思えました。イーダの頭の中にはあらゆる疑問《ぎもん》が飛《と》びかっていました。ふしぎな動物《どうぶつ》たちは、どこからやってきたの？　新しい飼《か》い主《ぬし》に引《ひ》きわたされるまでに、どれくらいマジック動物《どうぶつ》ハウスでくらしていたの？　動物《どうぶつ》たちはそれぞれ檻《おり》の中に入って、みんなでおしゃべりをしているの？　動物《どうぶつ》たちとはなればなれになるのは、モリソンさんにとっても、つらいのかしら？

こうしたたくさんの疑問《ぎもん》をラバットに投《な》げかけても、ラバットは答えてくれません。

さて、モリソンさんはゆっくりとアンナ・レーナに向《む》かって歩いていきました。そして、机《つくえ》の上にそっと箱《はこ》をおきました。

「カスパーだよ」と、モリソンさんは、軽《かる》くこしをかがめて言いました。「＊マダガスカルからやってきた」

アンナ・レーナは木箱《きばこ》をのぞきこみました。そして、燃《も》えるようにほおを真《ま》っ赤《か》にしながら箱《はこ》の中に手を入れて、緑《みどり》色のトカゲをとりだしました。背中《せなか》がギザギザで、しっぽがくるりと内側《うちがわ》に巻《ま》いた、生き生きとした黒い目の小さな動物《どうぶつ》です。

「ミニ恐竜《きょうりゅう》！」サイラスがびっくりして大声をあげました。

「わあ、すてき！」アンナ・レーナは

＊マダガスカル：アフリカ大陸《たいりく》の南東《なんとう》、インド洋《よう》にある大きな島《しま》。固有《こゆう》の生物《せいぶつ》が数多く生息《せいそく》している。

歓声《かんせい》をあげ、動物《どうぶつ》を高々《たかだか》とかかげました。「わたし、カメレオンをもらったわ！
ほんとうに、ありがとうございます、モリソンさん！」
クラスのみんなは拍手《はくしゅ》しました。みんな、アンナ・レーナを祝福《しゅくふく》しています、
ヘレーネとショキーをのぞいては。
ヘレーネは、ほかの人の幸運《こううん》がねたましくて。
そしてショキーは、自分《じぶん》の順番《じゅんばん》が来なかったから……。

どこもかしこも穴《あな》だらけ！

用務員《ようむいん》のヴォンドラチェクさんは、校庭《こうてい》にできた穴《あな》のことですっかりまいっていました。きちんと見張《みは》っていられたのも一晩《ばん》だけ。そのときには、確《たし》かに新しい穴《あな》はできませんでした。けれども次《つぎ》の晩《ばん》、あまりにもつかれていたので、うっかりいねむりをしてしまいました。すると次《つぎ》の朝には、十四個《こ》の新しい穴《あな》がほられてしまいました。穴《あな》の範囲《はんい》は、どんどん広がっていきます。それに、穴《あな》の横《よこ》には、モグラの穴《あな》のように、かきだした土が山のように積《つ》みあげられています。

校長《こうちょう》先生は、ヴィンターシュタイン学校の生徒《せいと》たちに、穴《あな》をうめる作業《さぎょう》を協力《きょうりょく》するよう、呼《よ》びかけました。生徒《せいと》たちのしわざにちがいない。あと始末《しまつ》を自分《じぶん》たちでさせれば、ばかないたずらもやめるだろう。校長《こうちょう》先生はそう考えたのです。

こうしてコーンフィールド先生のクラスの生徒《せいと》たちも、放課後《ほうかご》に芝生《しばふ》に集合《しゅうごう》させられました。ヴォンドラチェクさんは不《ふ》きげんに、みんなにシャベルを配《くば》りました。

生徒《せいと》たちは汗《あせ》をかいて作業《さぎょう》をしているうちに、奇妙《きみょう》な穴《あな》に関心《かんしん》を持《も》ち始《はじ》めました。だれがほったのか、みんなはあれこれ考えています。

「宇宙人《うちゅうじん》かもしれないぞ。墜落《ついらく》した宇宙《うちゅう》カプセルをさがしているんだ」と、ベニーはバケツに土を入れながら言いました。ベニーは毎日、午後《ごご》に聞いているラジオ番組《ばんぐみ》のことを考えていました。その番組《ばんぐみ》には、銀河系《ぎんがけい》の外の星団《せいだん》からやってきた未知《みち》の生物《せいぶつ》が登場《とうじょう》します。

ふしぎな動物《どうぶつ》がいてくれたらなあ、とつぶやきながらベニーのとなりで作業《さぎょう》をしていたショキーは、思わず笑《わら》いました。「そうだよ。連中《れんちゅう》は、見張《みは》っている用《よう》務員《むいん》さんを、レーザービームで眠《ねむ》らせちゃったんだよ」

「ばかばかしい」と、ヘンリエッタは言いました。「そうじゃないわ。これは、考古学者《こうこがくしゃ》がほったのよ。わたしにはわかる。だって、発掘《はっくつ》の現場《げんば》に行ったことがあるもの。それも、エジプトの。まず穴《あな》をほって、それから巨大《きょだい》なお墓《はか》をほりだしたの。驚《おどろ》いたのなんのって！　宝石《ほうせき》でしょ、腕輪《うでわ》でしょ、それに黄金《おうごん》のマスク！　ツタンカーメンのミイラも見つけたのよ！　悪《わる》くない、まったく悪《わる》くない。そう言わずにはいられないわよ」

ヘンリエッタがほんとうに自分《じぶん》で体験《たいけん》したことか、ベニーにはわかりませんでした。けれども、そんなことはどうでもいいと思いました。ヘンリエッタの話はとても楽しいからです。

何メートルか、はなれた土の山の間を、ジークマン校長《こうちょう》が悩《なや》ましい表情《ひょうじょう》で歩きまわっています。見たことのない男の人が校長《こうちょう》先生と並《なら》んで歩きながら、なにやらしきりに話しかけています。建築家《けんちくか》です。

ベニーとショキーとヘンリエッタに、ふたりの会話《かいわ》が聞こえてきました。

「このさわぎをおわらせなければなりませんよ。そうしないと、校舎《こうしゃ》がたおれてしまいます！」建築家《けんちくか》が言いました。

ベニーたちは驚《おどろ》いて、顔を見合わせました。

「何日間か学校が休みになるのはいいけどなあ。でも、そのために校舎《こうしゃ》がたおれなくたっていいだろう」ベニーは首《くび》を横《よこ》にふりました。

「わたしには甲《こう》らがあるわ。でも、あなたにはないわよね？」ヘンリエッタは心《しん》配《ぱい》そうに言いました。

「ぼくの母さんも建築家《けんちくか》だよ！　しょっちゅう出張《しゅっちょう》ばかりしていないで、たまにはここで役《やく》に立てばいいのに」ショキーはつぶやきました。

建築家《けんちくか》はメジャーとロープを持《も》って、校庭《こうてい》を歩きまわっています。校舎《こうしゃ》の高さを見積《みつ》もり、穴《あな》の深《ふか》さと数をつきあわせ、それから、古《ふる》い設計図《せっけいず》を調《しら》べ、建物《たてもの》の壁《かべ》の厚《あつ》さを確認《かくにん》しました。

「おや、おや、おや！」建築家《けんちくか》はひどく心配《しんぱい》そうな声をあげました。「これは、専門《せんもん》の会社《かいしゃ》にまかせたほうがいいですね。このような、えーっと、穴《あな》にくわしい会社《かいしゃ》を知っていますが、そこにたのんでも、仕事《しごと》をうけおってもらえるかどうか。今《いま》、とてもこみあっているんですよ」

ジークマン校長《こうちょう》は、校舎《こうしゃ》のしめった壁《かべ》に目をやり、心配《しんぱい》そうです。「それはまずいなあ。専門《せんもん》の業者《ぎょうしゃ》に来てもらえないときには、どうしたらいいんですか？」

「犯人《はんにん》をつかまえるしかありません！」建築家《けんちくか》はアドバイスすると、設計図《せっけいず》を丸めて駐車場《ちゅうしゃじょう》に向《む》かって歩いていきました。「どんなことがあろうと、これより穴《あな》をふやしてはなりませんよ」建築家《けんちくか》はふり返《かえ》って大きな声で言いました。「子どものいたずらではすまされませんよ！」

学校がおわると、ベニーはふたたびショキーのおじいさんの家《いえ》へ行きました。きょうは、ただ行くだけではありません。おじいさんの家《いえ》に泊《と》まる約束《やくそく》をしています。しかも、ショキーといっしょに、ゲストルームのかびくさいダブルベッドで寝《ね》なければなりません。

ショキーとベニーが家《いえ》に入ると、おじいさんはキッチンのテーブルにすわっていました。

「すぐにけいこを始《はじ》めるぞ」おじいさんは、あいさつもせずに言いました。「ザームエル、なんど言ったらわかるんだ。そんなおかしな帽子《ぼうし》はとりなさい！」

ショキーはむっとして帽子《ぼうし》をカバンにつめこみ、ぼそぼそ言いました。「宿題《しゅくだい》のほうが先だよ。ベニー、上へ行こう」

ベニーはヘンリエッタの入ったカバンをつかんで、ショキーを追《お》いかけ、階段《かいだん》をあがっていきました。きょうは時間がたっぷりあるので、部屋《へや》の中もよく見られます。壁《かべ》には白黒写真《しゃしん》がかかっています。衣装《いしょう》を着《き》た俳優《はいゆう》、時代《じだい》を感《かん》じさせるトレーニングパンツをはいた、たくましい体つきの少年《しょうねん》たち。少年《しょうねん》たちは首《くび》からメダルをさげて表彰台《ひょうしょうだい》に立っています。

「じいちゃんのかがやかしい時代《じだい》のものさ」ショキーは顔を曇《くも》らせて言いました。「自分《じぶん》がどれほどすばらしいスポーツ選手《せんしゅ》だったか、しょっちゅう話しているよ。特《とく》に、体操《たいそう》がうまかったらしいよ」

ゲストルームのダブルベッドの上には絵ハガキがおいてありました。ハガキの写真《しゃしん》には夕焼《ゆうや》けにかがやく高層《こうそう》ビルと、そのうしろには、*モスクの塔《とう》が写《うつ》っています。

「トルコのイスタンブールからだよ」と、ショキーは言いました。

ショキーはハガキを読《よ》むと、ベニーに手わたし、顔をそむけました。ショキーは泣《な》いているのでしょうか？　ベニーはおそるおそるハガキを裏返《うらがえ》しました。

大好《だいす》きな坊《ぼう》やへ！

元気にしていますか？　ママは毎日、焼《や》き魚と平《ひら》たいパンを食べています。この食事《しょくじ》はとてもおいしいのよ。あなたもきっと気に入るわ。おじいちゃんとはうまくやっていますか？　ママのお仕事《しごと》は順調《じゅんちょう》です。もうすぐうちに帰《かえ》ります。早くあなたに会いたいわ！

ママより

＊モスク：イスラム教《きょう》の礼拝堂《れいはいどう》。

「こんなところ、もうたくさんだ。うちに帰《かえ》りたい」ショキーは息《いき》をはずませながら言いました。

ベニーは喉《のど》に大きなかたまりがつまったような感《かん》じがし、胸《むね》が苦《くる》しくなりました。どうしたら、ショキーを助《たす》けてあげられるでしょうか。すると、一つの考えがベニーの頭にひらめきました。

ベニーはごくりとつばをのみこみ、それから深《ふか》く息《いき》をすいこみました。

「よかったら、ヘンリエッタをおいていくよ。何日間か、かしてあげる」

ベニーのカバンの中《なか》で、ヘンリエッタはだまりこんでいます。

ベニーはもう一度《ど》つばをのみこみました。「そうすれば、きみもそれほどさみしくなくなるよ」

ショキーはしばらくなにも言いませんでした。やがて、ふり返《かえ》って、ベニーを見つめました。そして、ゆっくりと首《くび》を横《よこ》にふりました。

「ベニー、親切《しんせつ》だな」ショキーはためらうように言いました。「ぼくが、なによ

りもふしぎな動物《どうぶつ》をほしがっているのを、きみは知っているんだね」

ベニーはうなずきました。

「でも、ぼくにははっきりわかる。そんなことをしてもらっても、うまくいきっこないってね」ショキーは話しつづけました。「ヘンリエッタは、きみのパートナーだ。きみといっしょにいなければならないんだよ」

「そのとおり」カバンの口から、静《しず》かな声が聞こえてきました。

ベニーはそれを聞いて、大きな喜《よろこ》びを感《かん》じました。


テーオドールじいちゃんは、その日はもう、ふたりにはかまいませんでした。ショキーの台本《だいほん》をテストするつもりだったことも、わすれてしまったようです。

外が暗《くら》くなったころ、玄関《げんかん》のドアがバタンとしまる音がしました。おじいさんは外出《がいしゅつ》したのでしょうか？　けれどもふたりには、出かけるあいさつもしていません。

ショキーとベニーは、おじいさんが古《ふる》い車で出かけていくところを、窓《まど》から見守《まも》っていました。

「どこへ行くんだろう?」ベニーは驚《おどろ》きました。

ショキーは肩《かた》をすくめて言いました。「きっと、トランプ仲間《なかま》のところへ行ったんだよ」

ふたりはキッチンテーブルの上にメモを発見《はっけん》しました。

『出かけてきます。食事《しょくじ》は自分《じぶん》たちで準備《じゅんび》してください』

テーブルの上にはロールキャベツの缶《かん》づめがあります。

「おなかすいた?」ショキーはたずねました。

「えー、いや……」ベニーはためらいました。ちょうどそのとき、ベニーのおなかがグーッと鳴《な》りました。

そこで、ショキーはさっと電話《でんわ》をつかみました。「もしものときにって母さんがお金をおいていってくれたんだ。今《いま》がその、もしものときさ。ピザを注文《ちゅうもん》しよ

う」

こうしてふたりの少年《しょうねん》は、心地《ここち》よい夜《よる》のひとときをすごしました。

ショキーとベニーとヘンリエッタは、テレビの前にこしをおろすと、だらりとしました。そしてサラミピザを口いっぱいにほおばり、いっしょに配達《はいたつ》してもらったレモネードをのみながら、テレビを見ました。

番組《ばんぐみ》がおわると、ふたりは、テレビの横《よこ》にあるDVD《ディーブイディー》の棚《たな》をあさりました。

「おじいさんは俳優《はいゆう》だったんだから、映画《えいが》の趣味《しゅみ》もいいんじゃない？」ベニーはそう言って、一枚《まい》のDVD《ディーブイディー》を引《ひ》っぱりだしました。

「サンチョ　パート2　ゴールドと死《し》の追跡《ついせき》」ベニーは声に出して読みました。

ショキーはうめき声をあげました。「その映画《えいが》のことも、いつも話しているよ。そんな映画《えいが》、見たくないよ」

「ぼくは見たい」ベニーはせがみました。

けっきょく、ふたりはDVD《ディーブイディー》をセットし、テキサスとメキシコの間のどこかが舞台《ぶたい》となっている西部劇《せいぶげき》を鑑賞《かんしょう》しました。

しわだらけの顔のカウボーイたちが、砂漠《さばく》でたき火を囲《かこ》んですわっています。

「それは確《たし》かか？　二両目《りょうめ》の貨物《かもつ》には金がどっさりつまっているんだな？」カウボーイのひとりがたずね、残《のこ》り火をつつきました。すると、別《べつ》の男が答えました。

「酒場《さかば》で聞いたんだ。ならず者《もの》の老《お》いぼれサンチョからな」

「拳銃《けんじゅう》も持《も》てない、あのじいさんか」カウボーイたちは下品《げひん》に笑《わら》いました。

カウボーイたちが貨物列車《かもつれっしゃ》の襲撃《しゅうげき》をくわだてている間に、どこからともなくふたりの男がほふく前進《ぜんしん》で近づき、巨大《きょだい》なサボテンのうしろに身《み》をかくしました。サンチョとバッファローです。ふたりは酒場《さかば》にいた金どろぼうです。

「あの金は、われわれのものだ！」サンチョはうなるような声を出し、拳銃《けんじゅう》の安全装置《ぜんそうち》をはずしました。

ベニーは少《すこ》しばかりテレビに近づきました。

「どの人がおじいさん？　わかる？」ベニーの頭は混乱《こんらん》しています。

「じいちゃんは、かなり変《か》わってしまったみたいだな」ショキーはそう言うと、たき火を囲《かこ》んでいる男たちを食《く》い入るように見つめました。

この中にいるどの俳優《はいゆう》も、テーオドールじいちゃんには見えません。

九十分の映画《えいが》がおわると、ベニーとショキーは、画面《がめん》に流《なが》れるたくさんの名前をじっと見つめました。監督《かんとく》、主役《しゅやく》、わき役《やく》……。関係者《かんけいしゃ》の名前が次々《つぎつぎ》に流《なが》れていきます。

「おかしいな、どこにもじいちゃんの名前がないぞ」ショキーは驚《おどろ》いています。

「じいちゃんは何千回《かい》もぼくに言ってたのに。この映画《えいが》に出演《しゅつえん》したって……。待《ま》てよ、あれだっ！」

名前は画面《がめん》に二秒間《びょうかん》しかうつりませんでした。それでもショキーは見のがしませんでした。

『酒場《さかば》の主人《しゅじん》　テーオドール・トレーヴェス』

ショキーは口をぱくぱくさせてあえぎました。「じいちゃん、こんなちょい役《やく》だったんだ！　それはないだろう！　ぼくには、主役《しゅやく》のロビン・フッドを演《えん》じろと、大きなことを要求《ようきゅう》するくせに！」

ベニーもすっかり混乱《こんらん》していました。おじいさんはどうしてショキーにそんなうそを語《かた》ったのでしょうか？

「おじいさんと話しあったほうがいいよ」ベニーは言いました。

「これだけは確《たし》かさ」と、ショキーは言いました。「じいちゃんには、ロビン・フッドのことはきっぱりあきらめてもらう。ぼくは木の役《やく》にするよ」

カスパー

学校からの帰《かえ》り道、アンナ・レーナはほかの人にぶつからないよう、気をつかいながら歩いていました。カメレオンのカスパーが肩《かた》から落《お》ちやしないか、はらはらしています。

小さなカメレオンは、アンナ・レーナの肩《かた》の上で、新しい世界《せかい》を楽しみながら、ふいに話しかけてきました。

「これまで、マジック動物《どうぶつ》ハウスからは、ほとんど出たことがなかった。でも、これからは、ずっときみといっしょだよ！」カスパーはカサカサした声で語《かた》りました。

アンナ・レーナは驚《おどろ》いて、息《いき》を切らしました。

「ほんとうにしゃべれるのね！」アンナ・レーナはうきうきしながら小声《こごえ》で言いました。

「もちろんさ！　でも、話せるのはきみとだけ」カメレオンはすぐに言いました。

「だって、ぼくらはパートナーになったんだもの。永遠《えいえん》に、いつまでも」

「パートナー……」アンナ・レーナは夢心地《ゆめごこち》でささやき、深呼吸《しんこきゅう》しました。

「おいおい、こらこら！」カスパーは声をあげて、ぎゅっとしがみつきました。

「そんなに肩《かた》をゆらさないで！　犬のフンの中に落《お》ちちゃうじゃないか」

アンナ・レーナは立ちどまって言いました。「ごめんなさい。しっかりつかまっててね。あなたは、これまでもらった贈《おく》り物《もの》の中で、一番《ばん》大切《たいせつ》な宝物《たからもの》なんだから」

アンナ・レーナの家族《かぞく》は、家《いえ》の中にふしぎな動物《どうぶつ》がいるのに、だれも気づいていません。

両親《りょうしん》も、一つ年下の双子《ふたご》の弟レオとトムも、妹《いもうと》のミリも気がつきません。カスパーはずっとアンナ・レーナのそばにいるというのに。アンナ・レーナのひざにすわったり、色を変《か》えてカムフラージュして、キッチンの棚《たな》にしがみついてみたり、壁《かべ》にかけてある水色のカップにぶらさがってみたりしました。

アンナ・レーナはいつもどおりにすごしました。妹《いもうと》にごはんを食べさせ、双子《ふたご》の弟の宿題《しゅくだい》を見てやりました。食器《しょっき》洗《あら》い機《き》の中の食器《しょっき》をかたづけ、なべを洗《あら》い、床《ゆか》をきれいにふきました。ごみも外に出し、ごみ箱《ばこ》に新しい袋《ふくろ》を入れるのもわすれませんでした。

「きみの家族《かぞく》はだれも、ありがとうって言ってくれないね。それなのに、どうしてそんなことをやっているんだい？」カスパーはちくりと言いました。

「それは、いつもわたしがやることだから」アンナ・レーナは肩《かた》をすくめました。

「ナンセンス」カメレオンは興奮《こうふん》すると体の色が変《か》わります。今《いま》は、真《ま》っ黄《き》色になりました。

それからアンナ・レーナとカスパーは、子ども部屋《べや》へ行きました。この部屋《へや》はアンナ・レーナとミリのふたりで使《つか》っています。アンナ・レーナがキッチンのあとかたづけをしている間に、ミリはベッドに入って、眠《ねむ》ってしまいました。

「妹《いもうと》のミリ、かわいいでしょ？」と、アンナ・レーナは言うと、人さし指《ゆび》にカスパーのしっぽをそっと巻《ま》きつけました。

「まあね。でも、そろそろ自分《じぶん》でスプーンを持《も》つ練習《れんしゅう》をさせたほうがいいよ。意《い》志《し》があれば、だれもが新しい役《やく》を演《えん》じられるんだ。わかるかい？」と、カスパーは答えました。

それから、ふたりはいっしょに劇《げき》の台本《だいほん》を暗記《あんき》しました。アンナ・レーナは始《はじ》めからおわりまで、通しで演《えん》じてみせました。

「今《いま》、どんなふうに感《かん》じてる？」と、カスパーはたずねました。

「そうねえ、劇《げき》を演《えん》じるアンナ・レーナってとこかな。ほかにどう感《かん》じるの？」と、アンナ・レーナは言いました。

「ロビン・フッドになった気分とか！　みんなに尊敬《そんけい》されるヒーローになった感《かん》じさ！」と、カスパーが答えました。

「でも、わたしはぜんぜんヒーローなんかじゃないわ」アンナ・レーナは、はにかんでいます。

「きみはヒーローさ！　それとも、意地悪《いじわる》な魔女《まじょ》でいるほうがいいの？」と、カスパーはしつこく言いました。

次《つぎ》の瞬間《しゅんかん》、カメレオンは、きらりと目を光らせ、しわだらけの魔法使《まほうつか》いを演《えん》じてみせました。「アンナ・レーナよ、この毒《どく》をのめば、おまえは小人《こびと》の形の置物《おきもの》になる！」

アンナ・レーナはびくっとしました。

「さあ、こんどはきみの番《ばん》！」カスパーはクスクス笑《わら》いました。

それからふたりは、さまざまな役《やく》を演《えん》じました。テレビの司会者《しかいしゃ》、古代《こだい》ローマの剣士《けんし》、とても怒《おこ》っている先生。そればかりか、カスパーは掃除機《そうじき》のまねもしました。カスパーはブンブン声をあげながら床《ゆか》をはいずりまわり、舌《した》を前へのばしてシューシュー音をたてました。アンナ・レーナは声をあげて笑《わら》いました。あまりにも大きな声で笑《わら》うので、カスパーは、ミリが目を覚《さ》ましてしまうのではないかと心配《しんぱい》しました。

それからアンナ・レーナはロボットのまねをし、コンピュータのような声で言いました。「左へ二歩《ほ》、手ヲノバセ。三歩《ぽ》右。注意《ちゅうい》セヨ、ドアガロックサレテイル！」

「うまいぞ！」カスパーはほめました。「さて、こんどはお姫《ひめ》さま役《やく》だ。イメージするんだ。きみの頭の上には金のティアラがのっている。エレガントなドレスを着《き》て、人であふれる舞踏会《ぶとうかい》のホールに入っていくんだ。さあ、そこでなにをする？」

アンナ・レーナは自信《じしん》なさそうにカメレオンを見ました。「こんにちは、って言うの？」

「そうじゃない」カメレオンは根気《こんき》よく説明《せつめい》しました。「きみはホールの中をゆったりと歩くんだ。そして、やさしい王子さまを見つけて笑《わら》いかける。さあ、やってごらん！」カメレオンはアンナ・レーナにうなずき、はげましました。「スイッチ・オンだ、プリンセス！　ショーの始《はじ》まりだ！」

アンナ・レーナは演《えん》じ始《はじ》めました。ミリの小さなベッドの横《よこ》をふわふわとただようように歩きました。それから上品《じょうひん》にお辞儀《じぎ》をし、目には見えないバラの花をドレスにさして、王子さまとメヌエットをおどりました。

カスパーは顔をかがやかせました。「いいぞ、プリンセス！」

アンナ・レーナはほほえみ、優雅《ゆうが》にお辞儀《じぎ》をしました。カスパーはアンナ・レーナの手の上に、はいあがりました。

「お姫《ひめ》さまになるのって楽しいわね。でも、いつもっていうわけにはいかないけれど」と、アンナ・レーナは言いました。

「いつもお姫《ひめ》さまでいる必要《ひつよう》なんてまったくないよ」

カスパーは答えました。カメレオンの体の色が、こんどは真《ま》っ赤《か》になりました。「でもね、きみは」そこで、カメレオンは深《ふか》く息《いき》をすいこみました。「これからずっと、ぼくのプリンセスだけどね」

アンナ・レーナは気はずかしそうにクスクス笑《わら》いました

カメレオンはつづけました。「もちろん、きみはただアンナ・レーナでいたっ

ていいんだ。人生《じんせい》でどんな役《やく》を演《えん》じるかは、まったくきみしだいさ」

アンナ・レーナは考えてから、慎重《しんちょう》にたずねました。「役《やく》を変《か》えてもいいの？」

「もちろんさ。だれもが、そうしていいんだよ。ときには悲《かな》しんだり、喜《よろこ》んだり。無口《むくち》なときもあれば、ごきげんなときもある。ダンスをしたいこともあれば、静《しず》かにすわって窓《まど》の外をながめていたいときだってある。大切《たいせつ》なのは、きみがどんなふうになりたいか、自分《じぶん》で決《き》めることだ」と、カスパーは言いました。

しばらくの間、部屋《へや》の中には、ミリの静《しず》かな息《いき》づかいだけが聞こえていました。

それから、アンナ・レーナは決心《けっしん》しました。

「わたし、やってみる！」

ヘレーネとアンナ・レーナのたたかい

演技《えんぎ》をするのにもっと場所《ばしょ》がいるの、と、真《ま》ん中《なか》の通路《つうろ》においてあるカバンをどかすよう、ヘレーネがアンナ・レーナに命令《めいれい》しました。けれども、アンナ・レーナは顔すらあげません。

「このままでもできるじゃない」アンナ・レーナはそれしか答えませんでした。

きょうは、いよいよオーディションの最終日《さいしゅうび》。コーンフィールド先生は名簿《めいぼ》に目を通しました。そしてショキーに、ベニーと照明係《しょうめいがかり》をやらないか、とたずねました。

「もちろん、やります！」と、ショキーは大きな声で答え、問《と》いかけるようにベニーを見ました。「ぼくでよかったら」

「やったーっ！」ベニーは大喜《おおよろこ》びです。

「いいわね！　では、ふたりですぐにヴォンドラチェクさんのところへ行って、ライトを借《か》りてきてちょうだい。ありったけね」と、先生は言いました。「舞台《ぶたい》がなぞめいたふんいきになるようにしてほしいの。うしろや横《よこ》から、代《か》わるがわる光を当ててみるの。どうすればきれいに見えるか、自分《じぶん》たちで考えてね」

それから先生はパンパンと手をたたきました。「ミリアム！　あなたは土曜日まで、ここにいるの？」

ミリアムは顔をかがやかせてうなずきました。ちょうどけさ、お母さんと電話《でんわ》で話したばかりです。お母さんの報告《ほうこく》によれば、学校の屋根《やね》の修理《しゅうり》はまだおわっていないということです。ですから、ミリアムは今週《こんしゅう》もまだヴィンターシュタイン学校にいられます。劇《げき》の発表会《はっぴょうかい》でバイオリンを弾《ひ》けるのです。

コーンフィールド先生は、生徒《せいと》たちにくりかえしオーディションを受《う》けさせ、少《すこ》しずつ役《やく》を決《き》めていきました。獅子心王《ししんおう》リチャード一世《せい》、ノッティンガムの代官《だいかん》、ロビン・フッドの愉快《ゆかい》な仲間《なかま》たち、そのほかにもいくつかのわき役《やく》があります。矢《や》に当たり、とつぜんたおれる鹿《しか》。馬《うま》にムチをふるう御者《ぎょしゃ》。ロビン・フッドから物《もの》をめぐんでもらう、ぼろぼろの服《ふく》を着《き》た人々《ひとびと》。風にふかれて枝《えだ》をゆらす木々。これらの小さな役《やく》のすべては、ほかの仕事《しごと》の合間《あいま》をぬって、手がすいている生徒《せいと》が引《ひ》きうけることになりました。コーンフィールド先生の気分はますますもりあがっていきます。いよいよ、劇《げき》の準備《じゅんび》が本格的《ほんかくてき》に進《すす》み始《はじ》めました！

はじめ、イーダは役《やく》をもらうつもりはありませんでした。けれども、小さな役《やく》を引《ひ》きうけることになりました。貧《まず》しい物《もの》ごい役《やく》です。それだけでなく、劇《げき》のパンフレット作《づく》りも担当《たんとう》することになりました。イーダはコンピュータを上手《じょうず》に使《つか》えますが、パンフレット作《づく》りを引《ひ》きうければ、さらにコンピュータの新しい知識《ちしき》がふえます。ですからイーダにとっては、とてもいい練習《れんしゅう》になるのです。

ジョーは金持《かねも》ちの男爵役《だんしゃくやく》を、サイラスはノッティンガムの代官役《だいかんやく》を演《えん》じることになって、喜《よろこ》んでいます。小さなころに遊《あそ》んでいたおもちゃのピストルの引《ひ》き金《がね》を引《ひ》いて、パーンと鳴《な》らしてみせると、コーンフィールド先生は首《くび》を横《よこ》にふりました。

「サイラス、中世《ちゅうせい》の時代《じだい》のお話よ、中世《ちゅうせい》。あの時代《じだい》にはピストルなんてなかったの。はい、この剣《けん》を使《つか》ってね」

主役《しゅやく》の決定《けってい》は最後《さいご》まで残《のこ》されていました。そしてついに、対決《たいけつ》のときがやってきました。ヘレーネとアンナ・レーナのたたかいです。

ベニーはアンナ・レーナのほうにふり向《む》きました。カメレオンの姿《すがた》は見わけがつかないほど机《つくえ》の木の色にうまくとけこんでいます。

アンナ・レーナでさえ、ときどきそうであるように、カスパーはほとんど姿《すがた》が見えず、目立ちません。さて、アンナ・レーナはヘレーネに勝《か》てるでしょうか？

コーンフィールド先生は、エヘンと、咳《せき》ばらいしました。「まず、ヘレーネ。それから、アンナ・レーナの順番《じゅんばん》にしましょう」

ヘレーネは、ぴったりと体にはりつくような白いブラウスを着《き》て、オリーブ色のジーンズに茶《ちゃ》色いブーツをはいていました。ブロンドの髪《かみ》を黒いスカーフで包《つつ》みこみ、うしろでお団子《だんご》に結《むす》んでいます。ヘレーネのロビン・フッドはなかなかいい感《かん》じだ、とベニーは感心《かんしん》せずにはいられませんでした。

さて、ヘレーネは武器《ぶき》を手にとり、机《つくえ》の間を歩きまわりました。しのび足で森の中を一歩《ぽ》ずつ進《すす》んでいくシーンです。

「富《と》める者《もの》がすべてを手に入れ、貧《まず》しき者《もの》にはなにもない。それはまちがいだ。おれには、どんなことでもできる。恐《おそ》れることなどなにもない。国王《こくおう》ですらも、怖《こわ》くない！」

ヘレーネは弓矢《ゆみや》をあげて、前方《ぜんぽう》にねらいをつけました。

「おれにはほんとうの戦《たたか》いの意味《いみ》がわかっている！　おれの射手《しゃしゅ》としての腕前《うでまえ》はみごとだと言われている。そして、それは真実《しんじつ》だ！」

ヘレーネは、弓《ゆみ》をさらに強《つよ》く引《ひ》きました。そのとき、うっかり矢《や》をはなってしまいました。発射《はっしゃ》された矢《や》は、黒板《こくばん》の横《よこ》にかかっているドイツの地図《ちず》のど真《ま》ん中《なか》にささりました。

生徒《せいと》たちはゲラゲラ笑《わら》い、ヘレーネは顔を赤らめました。

さて、次《つぎ》はアンナ・レーナです。アンナ・レーナのいでたちは、スカートにオレンジ色のT《ティー》シャツ。英雄《えいゆう》とはまるでかけはなれたスタイルです。カスパーがアンナ・レーナの耳元《みみもと》で、なにやらささやきました。でも、なにを話しているのか、クラスのだれにも聞こえていません。

「スイッチ・オンだ、プリンセス！　ショーの始《はじ》まりだ！」

アンナ・レーナは前へ出ました。はじめ、アンナ・レーナはとても小さな声で話しました。「世《よ》の中は不公平《ふこうへい》だ」そこでアンナ・レーナは、ヘレーネのほうを見ました。「みなが、うまくやっていけるようにしたいのだ！　えーっと……」

早くもアンナ・レーナはセリフにつかえてしまいました。けれども、今回《こんかい》は、カスパーがついています。カメレオンがアンナ・レーナの肩《かた》の上にすわっているのに、ほとんどだれも気づいていません。

「そのときが来た……」と、カメレオンがささやきました。

アンナ・レーナはしっかりとした声で言いました。「そのときが来た。借《か》りを返《かえ》すときが！」

生徒《せいと》たちは驚《おどろ》いて、アンナ・レーナを見ています。ふだんは物静《ものしず》かなアンナ・レーナが、一瞬《いっしゅん》にしてほこり高き義賊《ぎぞく》の頭《かしら》へと変身《へんしん》したからです。

「協力者《きょうりょくしゃ》が必要《ひつよう》だ。勇敢《ゆうかん》な仲間《なかま》を。おれと運命《うんめい》をともにしたい者《もの》はいるか？」

アンナ・レーナはカスパーを床《ゆか》におろしました。

カメレオンはそれでも、ずっとアンナ・レーナのそばをはなれませんでした。

そして、カスパーはまわりの色に合わせて、緑《みどり》になったり青になったり、ピンク色になったりしました。カメレオンは歩きながら、通路《つうろ》のカバンの色に合わせ、次々《つぎつぎ》に体の色を変《か》えていきました。

こうして、カメレオンの飼《か》い主《ぬし》であるアンナ・レーナも、さまざまな姿《すがた》を見せました。こぶしをにぎり、怒《いか》りをあらわにし、仲間《なかま》をせきたて、不安《ふあん》におののきふるえました。

「ここから姿《すがた》を消《け》すんだ」カスパーがささやきました。けれどもクラスのみんなには、アンナ・レーナの声だけしか聞こえていません。

「ここから姿《すがた》を消《け》すんだ！　友よ！　ほら穴《あな》に入れ！」アンナ・レーナは身《み》をかがめ、地図《ちず》のうしろにはっていきました。

カスパーもあとにつづきました。

最後《さいご》は、ロビン・フッドとマリアンの別《わか》れのシーンです。アンナ・レーナがマリアン役《やく》のルナに向《む》かって大声で伝《つた》えました。「きみとはもう二度《ど》と会うことはないだろう、愛《あい》する乙女《おとめ》よ！」

アンナ・レーナの迫力《はくりょく》に、サイラスもいつもの悪《わる》いジョークが出てきません。

「すばらしい、プリンセス！」カスパーはとても満足《まんぞく》しています。

こうしてオーディションがおわると、さっそく投票《とうひょう》がおこなわれ、すぐに開票《かいひょう》されました。結果《けっか》は、アンナ・レーナに二十三票《ひょう》、ヘレーネに一票《ぴょう》、そして、白紙《はくし》が一枚《まい》。

コーンフィールド先生の判断《はんだん》により、ヘレーネはお城《しろ》のコックを演《えん》じることになりました。

オーディションのあとにみんなを待《ま》ちかまえていたのは、校庭《こうてい》の穴《あな》うめ作業《さぎょう》です。

「あの穴《あな》は、巨人《きょじん》がミニゴルフ場《じょう》をつくるために開《あ》けたのかもね！」と、アンナ・

レーナはルナと階段《かいだん》をぴょんぴょん飛《と》びおりながら、うきうきと楽しそうに言いました。「穴《あな》に入れるたびに百点追加《ついか》！」アンナ・レーナはこれまでになく明るく、生き生きとしていました。

カスパーはアンナ・レーナの腕《うで》にぶらさがり、あえいでいます。**「おいおい、こらこら、そんなに急《いそ》がないで。落《お》っこちちゃうよ」**

そこで、アンナ・レーナは小さなカメレオンを頭の上にのせて、クスクス笑《わら》いました。「このほうがいい？」

ショキーとベニーはだらだらと階段《かいだん》をおりています。ショキーはニット帽《ぼう》を引《ひ》っぱり、ひたいがかくれるほど深《ふか》くかぶりました。こんなに深《ふか》くかぶっていても、前が見えるのでしょうか？

「ショキー、どうかしたの？　ここのところ、とても静《しず》かね。なにかあったの？」と、コーンフィールド先生はたずねました。

「別《べつ》に、なんでもありません」ショキーは深《ふか》くかぶったニット帽《ぼう》の下でぼそっと言いました。

「お母さんが仕事《しごと》でお留守《るす》なんです。その間、おじいさんのところでくらさなければならないんです。でも、そのおじいさんがひどいんです」と、ベニーが先生に教えてしまいました。

ショキーはさらに下へ帽子《ぼうし》を引《ひ》っぱり、顔をかくしてしまいました。


みんなが校庭《こうてい》の芝生《しばふ》に集合《しゅうごう》すると、そこではヴォンドラチェクさんと校長《こうちょう》先生が言いあらそっていました。用務員《ようむいん》さんは一晩中《ひとばんじゅう》、寝《ね》ずの番《ばん》をさせられてうんざりしていました。そして、ほんの少《すこ》し目をはなしたすきに、また新しい穴《あな》が開《あ》けられてしまったのです。

「気がおかしくなりそうですよ。こんなことがつづくなら、病気《びょうき》で休ませてもらいます」と、ヴォンドラチェクさんは校長《こうちょう》先生にせまりました。「かかりつけのお医者《いしゃ》さんに、ずいぶん前から、休みをとって保養所《ほようじょ》に行くようすすめられているんでね」

「そんなことをされたら、わたしはどうすればいいんです？　教育庁《きょういくちょう》には報告《ほうこく》をしたんですが、まったく信用《しんよう》してもらえんのですよ！」校長《こうちょう》先生はすっかり困《こま》っていました。

生徒《せいと》たちが物置小屋《ものおきごや》の前に整列《せいれつ》すると、コーンフィールド先生が仕事《しごと》をわりふりました。

「あなたたちは裏《うら》のすみの穴《あな》をうめてちょうだい」と、先生が一つのグループに向《む》かって言いました。「それから、あなたたちは校舎《こうしゃ》の壁《かべ》にそって作業《さぎょう》して！」と、ほかのグループに向《む》かってさけびました。

ベニーとショキーとアンナ・レーナは、並《なら》んで穴《あな》をうめていました。

「ふしぎな動物《どうぶつ》をもらえることを、どうやって知ったの？」ショキーはうらやましそうにカスパーをちらっと見てからたずねました。

アンナ・レーナはにこっとしました。「ラジオで知ったの」

「え?」ベニーは驚《おどろ》きました。

「ええとね、わたし、午後《ごご》はいつもラジオを聞いているの。きっと、だれもあんな番組《ばんぐみ》、知らないと思うけど。『三次元《さんじげん》の世界《せかい》』っていうの。とってもひねくれた内容《ないよう》なのよ」と、アンナ・レーナは伝《つた》えました。

「な、な、なんだって?」ベニーはびっくり仰天《ぎょうてん》し、手を止《と》めて、アンナ・レーナを見つめました。『三次元《さんじげん》の世界《せかい》』はベニーのお気に入りの番組《ばんぐみ》です! アンナ・レーナも同じ番組《ばんぐみ》が好《す》きだとは、夢《ゆめ》にも思いませんでした。「それで、番組《ばんぐみ》のとちゅうで予告《よこく》されたの?」

「そうよ」アンナ・レーナはうなずきました。「とつぜん、番組《ばんぐみ》がとぎれてしまったの。道路交通情報《どうろこうつうじょうほう》が流《なが》れるときみたいにね」

「うん、それで?」ベニーはアンナ・レーナの話を熱心《ねっしん》に聞きました。

「そうしたら、ラジオの声がこう言ったのよ」アンナ・レーナは本物《ほんもの》の道路交通《どうろこうつう》情報《じょうほう》のアナウンサーのような声で言いました。「お知らせです。アンナ・レーナ・

ツィンクさんへ重要《じゅうよう》なお知らせです。選抜《せんばつ》の結果《けっか》、きみは、まもなくふしぎな動《どう》物《ぶつ》をもらうことになります。心《こころ》の準備《じゅんび》をして待《ま》っているように。くれぐれもよろしく！　マジック動物《どうぶつ》ハウス」

アンナ・レーナは顔をかがやかせ、カスパーの頭にキスしました。「あのお知らせが、わたしの人生《じんせい》をすっかり変《か》えてしまったの」

クラスのみんなは、仕事《しごと》にとりかかっていました。イーダとミリアムは手おし車をおして、行ったり来たりしました。けれども、ふざけてばかりいたせいで、とちゅうでたくさんの土を落《お》としていました。ベニーとジョーキーとジョーは、山のように積《つ》みあげられた土を穴《あな》に入れました。ラバットも熱心《ねっしん》に手伝《てつだ》いました。ほんとうは穴《あな》をほるほうが好《す》きなのに、一生懸命《いっしょうけんめい》にうめました。ヘンリエッタは、ベニーにかけ声をかけました。「一、二、三、四！　一、二、三、四！」

ユーリは穴《あな》の間をよたよたと歩きまわり、土をバンバンたたき、ときどき池《いけ》で水あびをしました。そして水からあがると、翼《つばさ》で体をなでて、羽《はね》をなめらかに整《ととの》えました。

ショキーはそれを見て、にやりとしました。「ユーリは見えっぱりだな。体育《たいいく》のあとに、髪形《かみがた》を直《なお》しているジョーの姿《すがた》にそっくりだね」と、ベニーに耳うちしました。

ヘレーネはふてくされて、門の前に立ったまま動《うご》こうとしません。コックだなんてとんでもない、と自分《じぶん》の役《やく》にむっとしていたのです。

ショキーにとどいた小包《こづつみ》

月曜日の夕方《ゆうがた》。ショキーとベニーは、ふたりでベニーの家《いえ》へ向《む》かっていました。
おじいさんには、朝、メモを書いて、キッチンのテーブルに残《のこ》しておきました。

今夜《こんや》は、ひばりヶ原《はら》通り四十六番地《ばんち》のベニーのうちに泊《と》まります。

「あしたもきみのところに泊《と》まる。母さんが帰《かえ》ってくるまで、ずっといるよ」と、ショキーはつぶやきました。

はじめ、ヘンリエッタはお客《きゃく》さんをあまり歓迎《かんげい》していませんでした。**「わたしだけでは物足《ものた》りないの？」**と、カメはベニーにたずねました。けれどもあまりにも落《お》ちこんでいるショキーの姿《すがた》を見て、かわいそうになってしまい、気前よく、自分《じぶん》のお気に入りのクッションをゆずってあげました。

ベニーの両親《りょうしん》は、ショキーが泊《と》まることにはまったく反対《はんたい》しませんでした。シューベルト夫人《ふじん》はショキーのおじいさんにさっさと電話《でんわ》をかけて、それですべての問題《もんだい》はかたづいてしまいました。

その日の夜《よる》、ショキーはラジオの前にすわり、マジック動物《どうぶつ》ハウスからのお知らせを待《ま》っていました。けれども、なにもおこりませんでした。

ところが、火曜日の放課後《ほうかご》に、驚《おどろ》くべきことがおこりました。

ショキーとベニーとヘンリエッタは、きのうと同じように家《いえ》に向《む》かってぶらぶら歩いていました。ヘンリエッタはデイジーの花を食べたくて、自力《じりき》で歩いています。ときおり、ベニーはカメを持《も》ちあげ、読み方《かた》を練習《れんしゅう》させました。

「なんて書いてある？」ベニーは道路標識《どうろひょうしき》の下にある、小さな看板《かんばん》をさしてたずねました。

「フリードリヒ・シラー」と、ヘンリエッタはほこらしげに文字を読みました。

「イダイなシニン」

「偉大《いだい》な詩人《しじん》！」と、ベニーはきびしく、言い直《なお》しました。

そのときです。とつぜん、ダッダッダッダッダッと大きなエンジン音が近づいてきました。

「モリソンさんのバスの音だ！」ベニーは大きな声で言いました。

予想《よそう》どおり、モリソンさんのバスがやってきました！　カササギのピンキーが、フロントガラスの内側《うちがわ》のダッシュボードの上で、陽気《ようき》に翼《つばさ》をふっています。モリソンさんは、運転《うんてん》しながら大声で歌っています。窓《まど》が半分ほど開《あ》いているので、歌声が外まで聞こえてきます。

「あら、昔《むかし》、はやったあの歌ね！」ヘンリエッタは大きな声で言いました。「もうずいぶん長いこと聞いてないわ！」カメは感激《かんげき》し、いっしょになって楽しそうに歌いました。

ベニーとショキーは興奮《こうふん》し、バスに向《む》かって走《はし》りました。

ベニーは両手《りょうて》でメガホンの形を作《つく》ってさけびました。

「アシャンティ、見つかりましたか？」

モリソンさんは首《くび》を横《よこ》にふり、窓《まど》ハンドルをくるくるまわして窓《まど》を開《あ》けました。

♪ホラリ、ホラリ、ホラロー♪

モリソンさんは歌っています。そしてクラクションを鳴《な》らして、大声でさけびました。「アシャンティは、いまいずこ⁉」

バスはガタガタ音をたてながら、ベニーとショキーのわきを走《はし》りさりました。バスのうしろのトランクには、ふたのようなドアがついています。そのときトランクのドアが開《ひら》き、小包《こづつみ》が落《お》ちてきました。小包《こづつみ》は、ゴロン、ゴロン、ゴロン、と三回転《かいころ》がり、通りの真《ま》ん中《なか》で止《と》まりました。

ショキーはかけより、小包《こづつみ》を拾《ひろ》いあげました。

「ザームエル・トレーヴェスくんへ」ショキーは読みあげました。

ヘンリエッタも急《いそ》いでやってきて、ハアハアと息《いき》を切らして言いました。

「モリソンさんの落《お》とし物《もの》？」

「落《お》とし物《もの》というより、とどけ物《もの》だよ」と、ベニーはゆっくりと言いました。

ショキーはよろよろしながら歩道《ほどう》へもどりました。小包《こづつみ》から目《め》をそらせません。ショキーは両手《りょうて》でしっかりと小包《こづつみ》をおさえ、つかえながら言いました。「マ、マジック動物《どうぶつ》ハウスからだ」

ヘンリエッタは小包《こづつみ》を開《あ》けるのを手伝《てつだ》い、強《つよ》い歯《は》でガムテープをかみ切ってあげました。

そして、小包《こづつみ》が開《ひら》きました。中に箱《はこ》があります。ショキーは地面《じめん》に箱《はこ》をおき、ふたを開《あ》けました。箱《はこ》の中は、無数《むすう》の小さな白い発泡《はっぽう》スチロールの玉で満《み》たされています。そして真《ま》ん中《なか》には、一枚《まい》のカードが入っていました。

「ザームエル・トレーヴェスくんへ」ショキーはドキドキしながら読みあげました。

「なにが来るか、もうわかっているわね」ヘンリエッタは言いました。

ベニーは口の前に指《ゆび》を当てました。

「シーッ！」

ショキーはドキドキしながら、つっかえ、つっかえカードを読みました。


マジック動物《どうぶつ》ハウスからのお知らせ。

選抜《せんばつ》の結果《けっか》、きみが、ふしぎな動物《どうぶつ》をもらうことになりました。

心《こころ》の準備《じゅんび》をして待《ま》っているように。くれぐれもよろしく！

マジック動物《どうぶつ》ハウス

「やったー！」ショキーは歓声《かんせい》をあげまし

た。あまりにも大きな声だったので、通りを二つへだてた家《いえ》の中にいるイーダとミリアムにも聞こえていました。ふたりは開《ひら》いた窓《まど》の前に並《なら》んですわり、机《つくえ》の上にカラフルな花柄《はながら》のノートを広げ、宿題《しゅくだい》をしていました。

水曜日の朝。ヴィンターシュタイン学校にアナウンスが流《なが》れました。それとも、そのアナウンスは、コーンフィールド先生のクラスにだけしか聞こえていなかったのかもしれません。いずれにしても、スピーカーからは、パチッ、パキッと音がし、ゴホゴホと軽《かる》い咳《せき》が聞こえてきました。でも、ジークマン校長《こうちょう》の声ではありません。

「短《みじか》いお知らせです」と、しわがれ声が言いました。「いろいろと都合《つごう》があって」そこで、男の人はエヘンと咳《せき》ばらいしました。「その、都合《つごう》で予定《よてい》がつまっているので、ショキーに、えーっとその、ザームエル・トレーヴェスくんに駐車場《ちゅうしゃじょう》まで来てもらいたい。今《いま》すぐお願《ねが》いします。すでにお話ししたように、急《いそ》いでいます」

　コーンフィールド先生は、目にも止《と》まらぬスピードでミリアムにふり向《む》きました。ミリアムは、できるかぎり無邪気《むじゃき》なふりをしてショキーを見ていました。もちろん、ミリアムにはわかっていました。ショキーを待《ま》っているのはモリソンさんだということを。

「いいですか……?」ショキーはほおを赤くして、そわそわしながら先生にたずねました。コーンフィールド先生が小さくうなずくと、ショキーはあわてて外へ飛《と》びだしました。

「みんなは席《せき》についているように」生徒《せいと》たちが窓辺《まどべ》におしかけようとすると、コーンフィールド先生はするどい声で言いました。「作文《さくぶん》のつづきを書《か》いてちょうだい」

　教室《きょうしつ》には、ぶつぶつと文句《もんく》の声が広がり、何人《なんにん》かの生徒《せいと》が腹立《はらだ》たしそうにミリアムを見ました。窓辺《まどべ》に立っているコーンフィールド先生と、窓《まど》ぎわの席《せき》のラッ

キーな生徒《せいと》だけには、外のようすがよく見えました。

ショキーは駐車場《ちゅうしゃじょう》に向《む》かっています。駐車場《ちゅうしゃじょう》では、カラフルな、おどるような文字の書かれたバスが待《ま》っています。

モリソンさんがバスのドアの前に立って、熱心《ねっしん》に動物《どうぶつ》を説得《せっとく》しています。バスからおりたくないのでしょう。

生徒《せいと》たちは、課題《かだい》に身《み》が入りません。みんなは、ショキーがどんな動物《どうぶつ》をもらうのか、気になって仕方《しかた》ありませんでした。

ポニーかしら？　レオニーという名の少女《しょうじょ》は思いをめぐらせました。はずかしがり屋《や》のポニーよ……。

「スカンクだったらおもしろいな」と、サイラスがジョーにこそこそ言いました。

すると、ジョーとユーリがプッとふきだしました。

ショキーは今《いま》、モリソンさんから五メートルほどはなれた場所《ばしょ》に立っています。

「近づく勇気《ゆうき》がないんだな」と、エディが伝《つた》えました。

エディは窓《まど》ぎわの席《せき》に、そのとなりにはマックスがすわっています。

「ということは、危険《きけん》な動物《どうぶつ》をもらうんだ」と、マックスがささやき、窓《まど》のほうへ首《くび》をのばしました。「サソリとかそんなやつ。でもショキーはスニーカーをはいているからすぐに逃《に》げられるさ」

モリソンさんは綱《つな》を強《つよ》く引《ひ》っぱり、動物《どうぶつ》を引《ひ》きずりだしました。あまりにも強《つよ》く引《ひ》っぱったせいで、モリソンさんの帽子《ぼうし》が地面《じめん》に落《お》ちてしまいました。

「ロバだ」エディは興奮《こうふん》し、口をぱくぱくさせました。「言うことをきかないロバ」

「ヤギかもしれないぞ！」マックスはさらに首《くび》をのばしました。「ロバもヤギも、そうとうわがままなやつだからな」

エディはだまって息《いき》を止《と》めて見守《みまも》りました。そして、ようやくふしぎな動物《どうぶつ》がバスからおりてきたときには、好奇心《こうきしん》で胸《むね》がはじけてしまいそうなほどでした。

バスから出てきた動物《どうぶつ》は、ヤギではありません。ロバでも、サソリでもありません。とても内気《うちき》な小さなイノシシで、耳からは、白い毛が飛《と》びだしています。イノシシは、おびえてキーッと声をあげました。

　モリソンさんは、ショキーに綱《つな》をわたすと、二言三言《ふたことみこと》、言葉《ことば》を交《か》わしました。ショキーはうなずきました。モリソンさんはバスに乗《の》る前に、もう一度《ど》ふり返《かえ》りました。そして、少《すこ》しばかり行ったり来たりしてから、首《くび》をふりました。なにかをさがしているようです。

「アシャンティはまだ見つからないのかなあ?」エディはマックスにささやきました。

「そのようだね」と、マックスは答えました。

　ショキーは教室《きょうしつ》を見上げ、左手をふりました。右手でしっかりと綱《つな》をにぎっています。ショキーと並《なら》んで、小さなイノシシがぎこちなく歩いています。それからショキーとイノシシは、入り口のドアに姿《すがた》を消《け》しました。

　すると、窓《まど》から外のようすを見ていた先生が言いました。「えー、ミリアム。

急《いそ》いで用務員《ようむいん》さんのところへ行って、新しい黒板消《こくばんけ》しをもらってきてちょうだい。さあ、さあ、急《いそ》いで行ってきて！」

もちろん先生は、ミリアムを追《お》いだそうとしているのです。新しくやってきたふしぎな動物《どうぶつ》を、クラスみんなで温《あたた》かくむかえてあげるためです。

ミリアムはためらっていました。すると、イーダがミリアムのわき腹《ばら》にパンチしました。こうしてミリアムはしぶしぶ立ちあがり、教室《きょうしつ》を出ていきました。

けれどもミリアムは、まっすぐに用務員室《ようむいんしつ》へは向《む》かわず、ショキーがやってくる方向《ほうこう》に進《すす》んでいきました。そうせずにはいられなかったのです。

ショキーは、イノシシの綱《つな》をはずしていました。ショキーと動物《どうぶつ》の心《こころ》が一つになるのに、駐車場《ちゅうしゃじょう》から教室《きょうしつ》までの短《みじか》い時間でじゅうぶんでした。

ショキーとイノシシが顔をかがやかせながらミリアムの前まで来ました。ショキーはうれしそうに片手《かたて》を広げて口元《くちもと》に当て、ラッパをふくまねをしました。

「パッパラパーン！　ペペローニだよ。アカカワイノシシさ」

ショキーとアカカワイノシシは、ほこらしげにミリアムを見つめました。

ショキーはしゃがみ、きらきらと目をかがやかせるアカカワイノシシのとがった耳のうしろをかいてやりました。「アフリカのセネガルからやってきたんだ。チョコレートがとっても好《す》きなんだって。ぼくのようにね！」

それからショキーはクスクス笑《わら》いました。ペペローニが、なにやら冗談《じょうだん》を言ったようです。

ミリアムもしゃがみこみました。そして、ちょっぴり生意気《なまいき》な感《かん》じの上を向《む》いた鼻《はな》、赤茶色《あかちゃ》の体毛《たいもう》、白いひげとほっそりしたおなかを観察《かんさつ》しました。

「すごいわ。かわいいわね！」ミリアムはため息《いき》をつきました。

「世界《せかい》で一番《ばん》かわいいペペローニさ！」ショキーは大きな声で言いました。

ペペローニ

　さて、ショキーはペペローニをもらうと、どんなことにも、だれにでも、立ちむかえそうな気がしてきました。おじいさんにも向《む》かっていけそうです。

　ショキーがペペローニと出会ったのはきのうのことです。それなのに、アカカワイノシシが自分《じぶん》のそばに、ずっと前からいたように思えました。きのうの夜《よる》、ベニーとヘンリエッタがぐっすり眠《ねむ》っている間に、ショキーはペペローニにすべてをうちあけました。お母さんがいなくてさみしいこと、それに、おじいさんとの関係《かんけい》が、がまんできないことを。

　そしてきょう、学校がおわると、ペペローニは、おじいさんのところに顔を出すよう、ショキーに意見《いけん》しました。

「そんなにひどい人であるはずがないよ」と、ペペローニは言いました。

「それがひどいんだよ」と、ショキーは言うと、歩きながらペペローニにニット帽《ぼう》をかぶせて笑《わら》いました。「よく似合《にあ》うよ」
けれども、ペペローニはショーウィンドウにうつった自分《じぶん》の姿《すがた》を見《み》ると、はげしく体をふって、帽子《ぼうし》をふりおとしました。**「おいらはサーカスの動物《どうぶつ》じゃない！」**ペペローニは文句《もんく》を言いました。

テーオドールじいちゃんの家《いえ》の前まで来ると、ショキーはむしょうに引《ひ》きかえしたくなりました。けれども、ペペローニは、そんなことをするのは、意気地《いくじ》なしだと言いました。**「中に入って、おじいさんと話してくるんだ」**

けれども、わざわざ自分《じぶん》からおじいさんに向《む》かっていくまでもなく、どなり声が聞こえてき

ました。

「おや、お帰《かえ》りかい、お孫《まご》さんよ」おじいさんは、キッチンの入り口で、仁王立《におうだ》ちになってショキーを待《ま》ちかまえていました。

ペペローニは、そのどなり声にびくっとしました。「ありゃ！　きみの言うことがだんだんわかってきたぞ」

テーオドールじいちゃんは乱暴《らんぼう》にショキーをキッチンに引《ひ》っぱりこむと、おしつけるように椅子《いす》にすわらせ、ショキーの前に立ちはだかりました。ショキーは、自分《じぶん》のことを赤《あか》ん坊《ぼう》のように非力《ひりき》に感《かん》じ、声をあげて泣《な》きたくなりました。ところがそのとき、ペペローニのしめった鼻先《はなさき》がひざの裏《うら》に当たるのを感《かん》じました。

「おじいさんと話しあうんだ。問題《もんだい》はさっさとかたづけちゃいな！　相手《あいて》はきみのおじいさんじゃないか。心配《しんぱい》するな！　おいらがついている。それがすんだら、チョコドリンクをのもう。いいね？　カバンの中に、まだチョコドリンクの袋《ふくろ》が一つ入っていたよね……」と、ペペローニはささやきました。

ショキーは思わずほほえみました。そして、姿勢《しせい》を正してすわり、おじいさんの顔をけなげに見つめ、しっかりとした声で言いました。「すべての役《やく》が決《き》まったよ。ぼくはロビン・フッドじゃない。照明係《しょうめいがかり》になった」

「なんだと？　照明係《しょうめいがかり》だと？　この、できそこないめ！」テーオドールじいちゃんは怒《おこ》ってさけびました。

ショキーは胃《い》がちぢむような痛《いた》みを感《かん》じました。

「どうしてさ」ショキーはたずねました。

「照明係《しょうめいがかり》なんて、そんなもの。だれにでもできるじゃないか」テーオドールじいちゃんの声はどんどん大きくなっていきます。「こんなことになるなら、はじめから入場券《にゅうじょうけん》もぎりになればよかったんだ」

「そ、その仕事《しごと》のどこが悪《わる》いんだよ。それだって、だれかがしなければならないんだ！」と、ショキーはつかえながら言いました。

「そうだな。だれかがする仕事《しごと》」テーオドールじいちゃんはうなりました。

「だがな、トレーヴェス家《け》の人間《にんげん》がすることではない！」おじいさんは首《くび》をふりました。「照明係《しょうめいがかり》」と、おじいさんは小《こ》ばかにしたように言いました。「それで、主役《しゅやく》はどうなったんだ？　ふん！　おまえの母さんは、できの悪《わる》い息子《むすこ》だと悲《かな》しむだろうよ……」

その瞬間《しゅんかん》、ペペローニがショキーのひざに飛《と》びのりました。**「お母さんは、そのままのきみをほこりに思うさ」**と、ペペローニはきっぱりと言い、ショキーの手をなめました。

「急《きゅう》にぬいぐるみなんか出したりして、どこから持《も》ってきたんだ？」と、テーオドールじいちゃんは、大声で言いました。「ぬいぐるみになぐさめてもらおうというわけか？」

「劇《げき》で使《つか》うんだよ」ショキーはむっとして答えました。

「話がどんどんすごくなるな」おじいさんは怒《おこ》っています。「たった今《いま》から、おまえは自宅謹慎《じたくきんしん》だ！　四週間、勝手《かって》な外出《がいしゅつ》は禁止《きんし》だ！」

「なんだって？」ショキーは飛《と》びあがりました。ペペローニはキーキー鳴《な》きながら、床《ゆか》に落《お》ちました。

「当然《とうぜん》の罰《ばつ》だ。外出禁止《がいしゅつきんし》だ！」テーオドールじいちゃんはくりかえしました。

「おまえはよそさまのお宅《たく》にたっぷりお世話《せわ》になった！　この一週間ずっとうちに帰《かえ》ってこなかった。なんてこった！」

「そうさ。どうしてだと思う？　ぼくにはわかっていたからさ。主役《しゅやく》のことで、じいちゃんが怒《おこ》るって！」ショキーは言いかえしました。

ペペローニははげしく首《くび》をふって言いました。**「あと少《すこ》しだ。じきにおわるぞ。おじいさんの息《いき》が切れてるよ」**

ペペローニの言うとおりです。

「さあ、自分《じぶん》の部屋《へや》へ行け！　それと、ぬいぐるみも持《も》っていけ！」と、おじいさんは命令《めいれい》しました。

「わすれたりしないさ。安心《あんしん》してくれよ」ショキーは歯《は》のすきまから声を出すと、カバンをつかみ、ペペローニをわきの下にはさみました。

キッチンを出るときに、ショキーはもう一度《ど》ふり返《かえ》って言いました。「土曜日に、一回目《かいめ》の発表会《はっぴょうかい》があるんだ！　見に来てよ。そうすれば、じいちゃんだって納得《なっとく》するさ。照明係《しょうめいがかり》がどれほど重要《じゅうよう》かってことをね！」

「そんなものには、ぜったいに行かん！　おまえたちの劇《げき》なんか、もう興味《きょうみ》はない」おじいさんは冷《ひ》ややかな声で答えました。

それを聞いて、ショキーの目になみだがこみあげてきました。けれども、ショキーは必死《ひっし》になってこらえました。泣《な》きたくありませんでした。今《いま》、おじいさんの前では。「せめて、リハーサルには行かせてくれる？」ショキーは声をつまらせながらたずねました。「じいちゃんがみとめてくれなくても、照明係《しょうめいがかり》がいないと劇《げき》は進《すす》まないんだよ」

「どうしてもと言うなら」テーオドールじいちゃんはうなり、ショキーの顔の前でドアをバタンとしめました。

ヴィンタ－シュタイン学校では、みんながぴりぴりしていました。コーンフィールド先生は、「ロビン・フッド」のリハーサルのさわぎのせいで、ジークマン校長《こうちょう》は、校庭《こうてい》に開《あ》けられた穴《あな》の問題《もんだい》のせいで。そしてショキーは、金曜日にイーダの家《いえ》のＤＶＤ《ディーブイディー》パーティーにせっかくさそってもらったのに、外出禁止《がいしゅつきんし》になってしまったから……。

けれども、ペペローニはリラックスしています。

「心配《しんぱい》するなって。いい方法《ほうほう》を思いつくよ」

雷雨《らいう》の夜《よる》

「わあい！　お泊《とま》りパーティー！」ミリアムは歓声《かんせい》をあげました。

金曜日。DVD《ディーブイディー》パーティーのしたくが整《ととの》いました。映画《えいが》はすでに決《き》まっています。もちろん、『バンパイアの恋《こい》』もあります。ほかには『殺人《さつじん》ミツバチの逆襲《ぎゃくしゅう》』と、巨大《きょだい》ダコのホラー映画《えいが》です。スナックとレモネードも用意《ようい》しました。あとはゲストの到着《とうちゃく》を待《ま》つばかり。

イーダとミリアムは、クラスの中でふしぎな動物《どうぶつ》をもらった人たちを招待《しょうたい》しました。ジョーとアンナ・レーナにも、ミリアムがひみつを知っていることをうちあけました。するとふたりは、コーンフィールド先生にはないしょにする、と約束《やくそく》してくれました。

イーダはお気に入りのやわらかい白い毛布《もうふ》を見《み》つめて、心配《しんぱい》しました。「イノシシによごされないかしら……」

「それに、くさくならないかしらね」と、ミリアムは言いそえ、鼻《はな》にしわをよせました。

「ふしぎな動物《どうぶつ》たちはくさくないよ！」ラバットが横《よこ》から口を出して、怒《おこ》っています。「ペペローニは温《あたた》かいジャガイモとか、秋《あき》にとれる熟《う》れた果物《くだもの》のにおいがするんだ。それに……」キツネは言葉《ことば》を止《と》めて考えました。「ちょっぴりチョコレートドリンクのにおいもするよ」

「ラバットはなんて言ったの？」ミリアムはたずねました。

「ふしぎな動物《どうぶつ》は、世界《せかい》でもっともすばらしい動物《どうぶつ》だって言ったの」と、イーダは答え、ラバットの頭をやさしくなでました。

ミリアムは大きく息《いき》をはきだしました。「わたしだけね。ふしぎな動物《どうぶつ》を持《も》っていないのは」

「悲《かな》しまないで。あなたのために、ヘビのアシャンティをさがしましょ！」とイーダは言いました。

そこで、ミリアムとイーダは枕《まくら》をつかみ、長らくしていなかった枕投《まくらな》げを始《はじ》めました。

はじめ、ラバットにはなにがおこっているのかさっぱりわかりませんでした。けれどもすぐに、はげしいけれど、とても楽しい遊《あそ》びだと気がつきました。キツネは声をあげながら、楽しそうに少女《しょうじょ》たちの間をぴょんぴょん飛《と》びまわりました。そして、みんなでおなかをかかえて笑《わら》いころげました。

ジョーはミリアムとユーリにはさまれ、ソファーにこしかけていました。丸くて白いおなかのペンギンが、黒い羽《はね》を上下に動《うご》かす姿《すがた》は、ふくらんだ風船《ふうせん》のようで、なんとも愉快《ゆかい》です。

ベニーとショキーはあぐらをかいて床《ゆか》にすわり、棚《たな》にもたれていました。ふたりのふしぎな動物《どうぶつ》もいっしょにすわっています。ショキーは外出《がいしゅつ》を禁止《きんし》されているのに、こっそり家《いえ》をぬけだしてきました。約束《やくそく》どおり、ペペローニが手助《てだす》けし

てくれました。まず、ショキーのベッドのかけ布団《ぶとん》の下に物《もの》をつめて、人が寝《ね》ているように見せかけました。それからペペローニは廊下《ろうか》のようすをうかがい、安全《あんぜん》かどうか、なんども確《たし》かめました。そして、テーオドールじいちゃんが外出《がいしゅつ》し、角《かど》を曲《ま》がったのを見とどけると、出発《しゅっぱつ》の合図《あいず》を送《おく》りました。

アンナ・レーナは、イーダのお母さんのロッキングチェアにすわり、赤と白のチェックの毛布《もうふ》にくるまっていました。毛布《もうふ》の上にはカメレオンがすわっています。けれども、毛布《もうふ》と同じ柄《がら》で、あまりよくわかりません。

「校庭《こうてい》の穴《あな》のこと、みんなはおかしいと思わない？」と、アンナ・レーナはたずねました。用務員《ようむいん》さんが夜《よる》の見張《みは》りをしなかった数日の間に、穴《あな》の数は、二十個《こ》もふえてしまいました。

ミリアムはうなずきました。「はじめのうちは、おもしろいと思ったけど、今《いま》は、不吉《ふきつ》な感《かん》じ」そう言ってミリアムは、ジョーに体をよせました。

「モリソンさんも関係《かんけい》しているのかしら」と、イーダが言いました。

ショキーは首《くび》をふりました。「それはないと思う。ペペローニを連《つ》れてきてくれたとき、モリソンさんは穴《あな》を見て、すごくびっくりしてたもん」

アンナ・レーナは、興味津々《きょうみしんしん》にたずねました。「ペペローニをわたしてくれたとき、モリソンさん、ほかになんて言ったの？」

ショキーはほほえみました。「ペペローニは西《にし》アフリカからやってきたんだ。ぼくのところへ来るのが待《ま》ちきれなかった、って言ってた」

ペペローニは、そうだと言わんばかりに、ショキーのとなりで、ブーブー声をあげました。

「それから、アシャンティがまだ見つかっていないって。ひどく心配《しんぱい》していたよ！」

ユーリはジョーの耳のうしろにくちばしをこすりつけました。

「モリソンさんは、アシャンティが学校の近くにいるんじゃないかって言ってたよ。アシャンティも自分《じぶん》のパートナーをほしがっているんだって」と、ショキーは話しつづけました。

イーダとミリアムは顔を見合わせました。

「もしかしたら、穴《あな》のどこかにかくれているかもしれないな。かみつくときを待《ま》っているのさ……」と、ジョーがつぶやきました。

みんなはクスクス笑《わら》いました。

ときおり、イーダの両親《りょうしん》が部屋《へや》に入ってきては、食べ物《もの》をさしいれてくれました。お父さんとお母さんは、果物《くだもの》や野菜《やさい》がグミベアヒェン*やチョコレートと同じくらい猛《もう》スピードでへっていくので、驚《おどろ》いていました。

「われわれが子どものころは、自分《じぶん》からすすんで野菜《やさい》を食べたりしなかったなあ」

イーダのパパは、キッチンでパプリカとキュウリを切りながら、喜《よろこ》びました。

イーダが新鮮《しんせん》な野菜《やさい》のいっぱいのったお皿《さら》をカメの前におくと、ヘンリエッタは歓声《かんせい》をあげました。「まあ、おかわりね！」

それからみんなでマットと毛布《もうふ》とクッションを広げ、心地《ここち》よい寝床《ねどこ》を作《つく》りまし

***グミベアヒェン**：クマの形のグミ。ドイツで人気のお菓子《かし》。

た。それがすむと、いよいよ、映画鑑賞会《えいがかんしょうかい》のスタートです。イーダはＤＶＤ《ディーブイディー》をセットしました。はじめに、みんなで『バンパイアの恋《こい》』の一部《ぶ》を見ました。イーダの両親《りょうしん》が寝《ね》てしまうと、『巨大《きょだい》ダコの侵略《しんりゃく》』を見ました。おどろおどろしい音楽に、ラバットは飛《と》びずさりました。

毛深《けぶか》い足の巨大《きょだい》なクモがガサガサと山の中腹《ちゅうふく》をはいずりまわり、悪臭《あくしゅう》ただよう下水道《げすいどう》からは、巨大《きょだい》ダコの透明《とうめい》な足がにゅっと飛《と》びだしました。巨大《きょだい》ダコと怪物《かいぶつ》グモがとっくみあい、決闘《けっとう》を始《はじ》めたそのときです。とつぜん、窓《まど》の外でぴかっと稲妻《いなずま》が走《はし》りました。

アンナ・レーナは大声でさけび、カメレオンのカスパーは恐怖《きょうふ》で紫色《むらさき》になりました。ミリアムはさらにジョーに体をよせて、ペンギンのユーリは、おとなたちが部屋《へや》にいるわけでもないのに、石のようにかたまってしまいました。

「うえー、この化《ば》け物《もの》、気持《きも》ち悪《わる》い！」ベニーは青ざめました。それなのに、毛《け》

深《ぶか》いクモの足とぬるぬるのタコの足がもつれあうシーンから目をはなせません。ヘンリエッタは巨大《きょだい》ダコを見た瞬間《しゅんかん》に、さっと甲《こう》らの中に頭を引《ひ》っこめてしまいました。

「なんだかすごくなってきたな」と、ショキーがささやきました。

「ただの映画《えいが》さ！」ペペローニはブーブー声をあげました。

外では本格的《ほんかくてき》な雷雨《らいう》となりました。稲妻《いなずま》がたえまなく走《はし》り、雷鳴《らいめい》がゴロゴロととどろきます。バチバチとはげしい音をたてて雨つぶが窓《まど》ガラスをたたきました。ラバットが前足の間に頭をかくすと、イーダはキツネをぎゅっとだきしめました。ジョーとユーリはしっかりよりそっています。

カスパーはマダガスカルで巨大《きょだい》グモを見たことがありました。カメレオンはクモを食べますが、カスパーは大の苦《にが》手《て》。そんなわけで、カスパーもアンナ・レーナがかけている紅白《こうはく》のチェックの毛《もう》布《ふ》の下にかくれてしまいました。アンナ・レーナは、毛布《もうふ》を目の前に引《ひ》っぱりあげて顔をかくしたものの、映画《えいが》をちらちら見ています。

そしてとうとう『殺人《さつじん》ミツバチの逆襲《ぎゃくしゅう》』が流《なが》れ始《はじ》めたときには、みんなして、うとうとしてしまいました。

グウグウいびきをかいて寝《ね》ているペペローニをだいているショキーだけは、わくわくドキドキしながら映画《えいが》を見ていました。はじめ、ショキーは、おじいさんがイーダの両親《りょうしん》に電話《でんわ》をかけてくるだろうと予想《よそう》していました。なにしろ、ショキーは外出《がいしゅつ》を禁止《きんし》されているのに、家《いえ》にいないのですから。けれども、おじいさんは、電話《でんわ》をかけてきませんでした。もしかすると、ショキーがいないことすら、気づいていないのかもしれません。おじいさんも、出かけているのかもしれません。ペペローニは眠《ねむ》りながらブーブー鳴《な》いています。

まあ、どうでもいいや。じいちゃんが夜中《よなか》に銀行《ぎんこう》を襲撃《しゅうげき》しようが、クラブでおどっていようが、まったく関係《かんけい》ないもん。それに、ショキーはもうひとりぼっちではありません。ショキーとペペローニはぎゅっと体をおしつけあって、毛布《もうふ》にくるまりました。

ペペローニは、ほんとうにチョコレートドリンクの香《かお》りがしました。

巨大《きょだい》ダコを追《お》え

アンナ・レーナは飛《と》びおきました。どれくらい眠《ねむ》っていたのでしょうか？　雨はやんでいます。部屋《へや》の中は、スースーと規則《きそく》正しい寝息《ねいき》の音と、アカカワイノシシの静《しず》かないびきだけしか聞こえません。

とても安《やす》らかな光景《こうけい》です。ユーリは片方《かたほう》の羽《はね》をジョーにのせています。ラバットとイーダはぴったりよりそっています。毛布《もうふ》からは、イーダの赤い髪《かみ》とキツネの赤い頭だけしか見えないので、どっちがどっちだか、見わけがつきません。

アンナ・レーナはほほえみました。なんてすてきな夜《よる》でしょう！　アンナ・レーナはパーティーの招待《しょうたい》を受《う》けてもいいのか、はじめは迷《まよ》っていました。なにしろ、次《つぎ》の日には、アンナ・レーナにとっては大舞台《おおぶたい》が待《ま》っています。ですから、前の晩《ばん》にはゆっくり休んでおきたかったのです。

けれども、今《いま》、アンナ・レーナは、参加《さんか》してよかった、と思っていました。これまで、お泊《とま》りパーティーにさそわれたことはありませんでした。ヘレーネの家《いえ》にはときどき行きます。けれどもそこでは、学校にいるときと同じように、ヘレーネにあれこれ命令《めいれい》ばかりされています。けれども、もう、ヘレーネの言いなりにはならない、と決意《けつい》しました。

アンナ・レーナの人生《じんせい》はすっかり変《か》わりました。コーンフィールド先生がクラスの担任《たんにん》になってから。なにより、カスパーが来てくれたときから。

アンナ・レーナはロビン・フッドを演《えん》じさせてもらえるのです！

「あなたのおかげよ」アンナ・レーナは眠《ねむ》っているカメレオンにささやきました。

「あなたは教えてくれた。どうすればいろんな役《やく》を演《えん》じられるのか、って」

今《いま》、アンナ・レーナにはカスパーの姿《すがた》が見えません。カメレオンは夜《よる》のやみのように黒く色を変《か》えていたからです。けれども、カメレオンがゆっくりと体を動《うご》かしているのがわかりました。それに、静《しず》かにあくびをする声も聞こえました。

「ナンセンス、プリンセス。きみはひとりでもできたんだよ」カメレオンは反論《はんろん》しました。「ぼくは、きみの中にずっと眠《ねむ》っていたものを呼《よ》びおこしただけさ。きみはいつか有名《ゆうめい》な女優《じょゆう》になるって、かけてもいいよ」カメレオンはアンナ・レーナの耳をかじり、年老《としお》いた冒険家《ぼうけんか》のような声を出しました。

「そうしたら、いっしょに世界中《せかいじゅう》を旅《たび》しよう、いいね？」

アンナ・レーナの横《よこ》で、ミリアムがゴソゴソと寝返《ねがえ》りをうちました。

「どうしたの？　寝《ね》られないの？」と、ミリアムは眠《ねむ》そうな声でたずねました。

「なんとなく目がさえちゃって」と、アンナ・レーナは答えました。

暗《くら》やみの中で、しばらくの間、ふたりの少女《しょうじょ》はだまって横《よこ》たわっていました。

「どうして校庭《こうてい》に穴《あな》をほったのかしら？　理由《りゆう》を知りたいわ」ミリアムはそう言って、思いにふけりました。

「巨大《きょだい》ダコの足あとかもしれんぞ！」と、アンナ・レーナは不気味《ぶきみ》なしわがれ声で言いました。「巨大《きょだい》ダコが、地球《ちきゅう》を支配《しはい》することになったのじゃ。われわれの校庭《こうてい》が、その始《はじ》まりじゃよ」

ミリアムの背筋《せすじ》がぞくぞくしてきました。「ねえ、その話し方《かた》、やめてよ！　怖《こわ》いじゃない。まじめな話、だれが、なんのためにあんなことをしたのかしら？」

そこで、ショキーも目を覚《さ》ましました。それに、ペペローニもブウブウ鳴《な》いています。

「ペペローニはなんて言ってるの？」ミリアムは知りたがりました。

「おなかすいたんだって」ショキーは体をおこし、目をこすりました。そして、耳をすましました。「おや、雷《かみなり》も雨もやんだね」

教会の時計塔《とけいとう》の鐘《かね》が一回鳴《かいな》りました。しだいに、みんなは目を覚《さ》ましていきました。それからみんなは、気味《きみ》の悪《わる》い校庭《こうてい》の穴《あな》にまつわる怪談《かいだん》話を次々《つぎつぎ》に考えました。

とつぜん、ジョーがふきだし、おなかをかかえて笑《わら》い始《はじ》めました。どうして笑《わら》っているのか聞きだすまでに、しばらく時間がかかりました。

「ユーリが……」ジョーは笑《わら》いすぎて、なみだをためて苦《くる》しそうに息《いき》をしています。「ユーリがジョークを言ったんだよ」

「それで?」ショキーはわくわくしながらたずねました。

「えっと、カメの……」ジョーは体をひくひくさせながら笑《わら》っています。「カメの背中《せなか》の上でナメクジがさけんだとさ。さて、なんと言った?」

みんなは肩《かた》をすくめ、ぽかんとしています。

「ひゃー、こりゃ速《はや》い!」ジョーはさけび、またもや笑《わら》いました。ユーリはくちばしをカタカタ鳴《な》らして喜《よろこ》んでいます。

「失礼《しつれい》な! そんなことを言うなんて!」ヘンリエッタは声を荒《あら》げました。

「冗談《じょうだん》だから気にしないで」ベニーは、ぷりぷりしている小さな親友《しんゆう》をなぐさめました。

ユーリはまたもやくちばしをカタカタ鳴《な》らして興奮《こうふん》しています。

「もうたくさんだ」ベニーはうなりました。

「ユーリが水浴《みずあ》びしたいって。うちでも、ときどきするんだよ」ジョーはイーダに向《む》き直《なお》って言いました。「バスタブ借《か》りてもいい？」

「なに言ってるの？　こんな時間に水浴《みずあ》びですって？　両親《りょうしん》が目を覚《さ》ましちゃうじゃない！　そんなことは学校の池《いけ》でやってよ」

それを聞いて、ユーリは夢中《むちゅう》になってガアガアと声をあげました。「そうだよ、**学校まで真夜中《まよなか》の散歩《さんぽ》をしよう！」**

六人の子どもたちは服《ふく》を着《き》て、すっかりごきげんです。みんなはクスクス笑《わら》いながら、ふしぎな動物《どうぶつ》たちとともに、こっそり家《いえ》をぬけだしました。だれも恐《おそ》れを感《かん》じていませんでした。このときだけは、校庭《こうてい》のなぞの穴《あな》も、不《ぶ》気味《きみ》というより、刺激的《しげきてき》に感《かん》じました。

「ぼくらで穴《あな》のなぞをときあかそう！」と、ショキーは興奮《こうふん》し、大きな声で言いました。

「バンパイアに会っても、キスさせちゃだめよ」と、アンナ・レーナはミリアムに言いました。

ミリアムは、みんなの三歩先《ぽ》を歩いているジョーにちらりと目をやり、ぼそっと言いました。「あら、いいじゃない」

みんなは校舎《こうしゃ》の裏《うら》にある池にやってきました。ユーリは急《いそ》いで前へ出ていき、頭から水に飛《と》びこみました。

「ユーリは十五分間ももぐっていられるんだぞ」と、ジョーは自慢《じまん》しました。

「そんなに早く出てこなくたっていいわよ」ヘンリエッタは、ユーリがうかびあがってくると、つぶやきました。

ジョーはユーリにほほえみました。「ユーリ、とってもイケてるよ！」

ユーリはほこらしげに体をきれいにしました。

「穴《あな》はどうする？」と、ミリアムがたずねました。「巨大《きょだい》ダコの侵略《しんりゃく》を止《と》めないと！」

「火星人《かせいじん》かもしれないわ。そうしたら、あいさつするの」アンナ・レーナはベニーを見て言いました。「ほら、知っているでしょ。三次元《さんじげん》の世界《せかい》のあれよ」

ベニーはうなずきました。「ぼくも、あんな世界《せかい》を思いうかべていたんだよ」

みんなは、雨でぐちゃぐちゃになった芝生《しばふ》を歩き、運動場《うんどうじょう》へとやってきました。雲の切れ間《ま》から月が姿《すがた》をあらわしました。月明かりに照《て》らされて、運動場《うんどうじょう》のトラックには、池《いけ》のように水がたまっているのがわかりました。木々が暗《くら》い影《かげ》を投《な》げかけています。

「不気味《ぶきみ》だな」ジョーはそう言い、ふるえました。

そのとき、ペペローニが体育館《たいいくかん》のかどを曲《ま》がり、飛《と》ぶように走《はし》ってきました。アカカワイノシシは、ショキーに飛《と》びつき、興奮《こうふん》しています。

「ペペローニの鼻《はな》はとても敏感《びんかん》なんだ。用務員《ようむいん》さんの家《いえ》の裏《うら》で見つけたんだって！　新しい穴《あな》を！」ショキーは大きな声で言いました。

みんなは体育館《たいいくかん》のかどを曲《ま》がり、用務員《ようむいん》さんの家《いえ》の裏《うら》にまわりました。するとほんとうに、巨大《きょだい》な穴《あな》が開《あ》いていました！

ラバットはさっそく穴《あな》の中に鼻《はな》をつっこみました。「この穴《あな》はまだ新しいぞ。ほられてから、せいぜい十分ってとこだな」

その瞬間《しゅんかん》、近くで車のエンジンがかかる音がしました。

「急《いそ》いで！　駐車場《ちゅうしゃじょう》よ！」イーダは命令《めいれい》するような口調《くちょう》で言いました。

みんなは走《はし》りだしました。けれども、間《ま》に合いませんでした。みんなが駐車場《ちゅうしゃじょう》についたときには、車はすでに走《はし》りさり、赤いテールランプだけしか見えませんでした。

発表会《はっぴょうかい》のリハーサル

舞台《ぶたい》を組み立てるので、コーンフィールド先生は、土曜日の午後《ごご》に学校に集合《しゅうごう》するようにと、クラスの生徒全員《せいとぜんいん》に呼《よ》びかけました。リハーサルは午後《ごご》五時、発表会《はっぴょうかい》は七時に開始《かいし》です。老人《ろうじん》ホームのみなさんが、とても楽しみにされていますよ、と校長《こうちょう》先生から伝《つた》えられました。残念《ざんねん》ながら、当日《とうじつ》は、校長《こうちょう》先生は劇《げき》を鑑賞《かんしょう》できません。校庭《こうてい》の穴《あな》のことで教育庁《きょういくちょう》へ出かけなければならないからです。

土曜日。コーンフィールド先生は新《あら》たな穴《あな》を発見《はっけん》すると、さっそく用務員《ようむいん》のヴォンドラチェクさんを連《つ》れてきて、間《ま》に合わせではあるものの、赤と白のテープで立ち入り禁止《きんし》の柵《さく》を作《つく》ってもらいました。けれどもヴォンドラチェクさんは、それほど熱心《ねっしん》にはとりくんでくれませんでした。

さて、ホールでの準備《じゅんび》がいよいよ始《はじ》まりました。ミリアムはバイオリンの弦《げん》を調整《ちょうせい》し、音を合わせました。準備《じゅんび》はコーンフィールド先生のクラスの生徒全員《せいとぜんいん》で

進《すす》められました。みんなはせいいっぱい努力《どりょく》しました。古《ふる》いタペストリーに大きな*燭台《しょくだい》、それに何本かの古《ふる》い槍《やり》まで用意《ようい》しました。ホールにはしだいに騎士《きし》の城《しろ》ができあがっていきました。中でも目を引《ひ》くのは、森の木々です。ベニーとショキーがライトのスイッチを入れると、舞台《ぶたい》は赤や黄《き》色や茶《ちゃ》色に照《て》らされ、ほんとうに魔法《まほう》の森の中にいるような気分になりました。

ヴォンドラチェクさんは、作業《さぎょう》がうまく進《すす》んでいるか、全体《ぜんたい》をチェックしました。そして、「舞台《ぶたい》を解体《かいたい》するときにまた来ます。なにかあったら電話《でんわ》してください」と、コーンフィールド先生に言い残《のこ》して、そそくさと帰《かえ》ってしまいました。

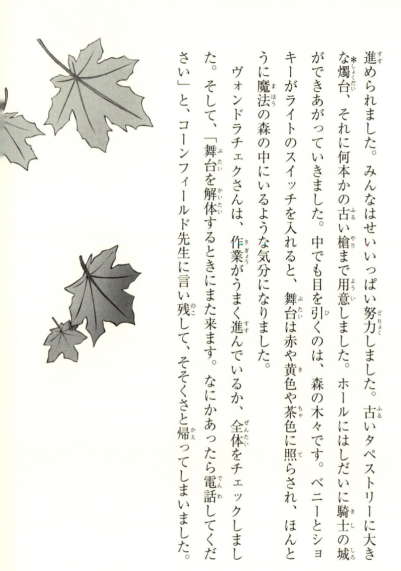

「きっとスポーツニュースを見たいのよ」イーダはラバットにささやきました。

イーダは進行計画《しんこうけいかく》を立てました。計画表《けいかくひょう》には、どの役者《やくしゃ》が、いつ、どの場所《ばしょ》に登場《とうじょう》するか、どの方向《ほうこう》に照明《しょうめい》を当てればいいか、正確《せいかく》に記《しる》されています。ラバットはイーダを手伝《てつだ》い、アドバイスしました。キツネは自分《じぶん》の経験《けいけん》から、人が思わぬ場所《ばしょ》から姿《すがた》をあらわすのをよく知っていました。

はじめ、みんなはイーダの作《つく》った表《ひょう》を、細《こま》かすぎるとからかい、笑《わら》いものにしました。ところがリハーサルで、ハプニングが発生《はっせい》しました。アンナ・レーナが弓《ゆみ》と矢《や》をつかもうとしたときに、なぜかフライパンがおいてあったのです。それからというもの、イーダの表《ひょう》は必要《ひつよう》だとみんなの考えが変《か》わりました。

ほかにもいくつかの失敗《しっぱい》がありました。そんなわけで、生徒《せいと》たちはきんちょうし、ぴりぴりしていました。けれどもコーンフィールド先生はみんなを安心《あんしん》させるために言いました。「リハーサルでの失敗《しっぱい》なんて気にしなくていいわ。本番《ほんばん》のためにはいいことよ！」

＊燭台《しょくだい》：火をともしたろうそくを立てる台《だい》。

そして最後《さいご》に、何人かの生徒《せいと》たちで観客席《かんきゃくせき》の椅子《いす》を並《なら》べました。外はもう、暗《くら》くなり始《はじ》めています。

アンナ・レーナはそわそわと行ったり来たりしながら言いました。

「わたしにはできない！」

けれどもカスパーは、アンナ・レーナの肩《かた》の上で、不安《ふあん》な気持《きも》ちをはらい落《お》とそうとはげましています。「きみにはできる、プリンセス！　ぼくにはわかる。そして、きみ自身《じしん》もわかっている」

カメレオンは体をのばし、アンナ・レーナのほおにチュッとキスしました。すると、体の色が真《ま》っ赤《か》に変化《へんか》しました。

ベニーとショキーはいくつもの照明《しょうめい》を入り口の横《よこ》に設置《せっち》しました。なんどもスイッチを入れたり切ったりしてテストしました。

「目がチカチカするわ」ヘンリエッタは文句《もんく》を言いました。「それに、スイッチを入れたり切ったりするのはわたしの仕事《しごと》よ」カメがスイッチをふむと、照明《しょうめい》が消《き》えました。「そう、これでいいわ」

「でも、イーダの進行計画表《しんこうけいかくひょう》を読める？」ベニーは心配《しんぱい》になってたずねました。

「もちろんよ」と、ヘンリエッタは答えると、床《ゆか》においてある紙の上に向《む》かって歩いていきました。「ここに書いてあるわ。先生のカイサツ」カメはぎゅっと目をつぶりました。「ちがう、ちょっと待《ま》って。先生のケイサツ」

ベニーはため息《いき》をつきました。「ヘンリエッタ、きみは、ちっとも覚《おぼ》えないなあ。いいかい、先生のあいさつ、って書いてあるんだよ！」

そこで、ペペローニがいいことを思いつきました。表《ひょう》の「スイッチ・オン」のところには緑《みどり》の○印《じるし》を、「スイッチ・オフ」のところには赤い×印《じるし》をつければいいと言うのです。ショキーはベニーとヘンリエッタに提案《ていあん》しました。

「それなら、わたしにもなんとかできるわ」ヘンリエッタは引《ひ》きうけました。

その間に、ラバットは、最前列《さいぜんれつ》の席《せき》で劇《げき》のパンフレットをめくっているイーダにしのびよりました。

「外へ行ってもいい？」キツネは低《ひく》い音で喉《のど》を鳴《な》らしました。「ここの中は空気《くうき》が悪《わる》すぎる。外へ行って穴《あな》をうめてきてあげるよ」

イーダはうなずきました。「ペペローニも穴《あな》うめが上手《じょうず》よ。いっしょに連《つ》れていってあげて！」

「それはいい」ラバットは言いました。そして、キツネとアカカワイノシシは、するりと外へ出ていきました。

コーンフィールド先生は力強《づよ》く手をたたき、指示《しじ》しました。「リハーサルのしめくくりに、シーン三を練習《れんしゅう》しましょう。さあみんな、位置《いち》について！　ミリアム、バイオリンの準備《じゅんび》！　アンナ・レーナとジョーは舞台《ぶたい》の上へ。ほかの人はカーテンのうしろへ。ベニーとショキーは、スポットライト・オン！」

ヘンリエッタがスイッチをふむと、舞台《ぶたい》がさっと明るくなりました。

ジョーはビロードのマントをさっとはおり、男爵《だんしゃく》に変身《へんしん》しました。ペンギンのユーリはほこらしげにジョーを見ています。

ミリアムが、バイオリンを弾《ひ》き始《はじ》めました。

「スイッチ・オンだ、プリンセス！」カスパーがささやきました。「ショーの始《はじ》まりだ！」

舞台《ぶたい》の照明《しょうめい》が、アンナ・レーナの顔にまっすぐに当たっています。それなのに、アンナ・レーナはまばたき一つしません。

「おれは貧《まず》しき者《もの》とほうむりさられた者《もの》のために復讐《ふくしゅう》をする」アンナ・レーナは演技《えんぎ》を始《はじ》めると、勇敢《ゆうかん》な義賊《ぎぞく》の頭《かしら》に変身《へんしん》しました。「国王《こくおう》は、国王《こくおう》の森での狩《か》りを禁《きん》じている。貧《まず》しき者《もの》が飢《う》えていても、自分《じぶん》だけはじょうとうな肉《にく》を食べているのだ」

「アンナ・レーナはほんとうにうまいな」ベニーはショキーに耳うちしました。

ちょうどそのとき、ラバットとペペローニがホールにかけこんできました。

「穴《あな》ほり団《だん》だ！」キツネとアカカワイノシシがさけび、イーダとショキーがみんなにくりかえしました。「穴《あな》ほり団《だん》だ！」

これを聞いた生徒《せいと》たちは、いっせいに外へかけだしました。そのときショキーとベニーだけは中に残《のこ》り、窓《まど》の外へ照明《しょうめい》を向《む》けました。学校の北側《きたがわ》の芝生《しばふ》はこうこうと照《て》らされています。

勢《いきお》いよく土をほる男たちの姿《すがた》が見《み》えます。

ラバットとペペローニは、ほんとうに穴《あな》ほり犯人《はんにん》を発見《はっけん》してくれました！

生徒《せいと》たちは男たちをとりかこみました。

けれども、ショキーとベニーはライトの横《よこ》でぼうぜんとしています。

「じ、じいちゃんじゃないか。こんなところで、なにしてるんだ？」と、ショキーは言いました。

円すい形《けい》のスポットライトの中で気まずそうに立っているのは、テーオドール

じいちゃんだけではありません。おじいさんを囲《かこ》むように、同じくらいの年齢《ねんれい》の男の人がほかにも四人います。どの人もシャベルをにぎっています。

「みなさん、ここでなにをしているんです?」と、コーンフィールド先生は男の人たちを問《と》いつめました。

「す、すべて説明《せつめい》しますから」と、テーオドールじいちゃんはつかえながら言いました。そのときおじいさんは、孫《まご》がゆっくりと近づいてくるのに気がつきました。

「それは楽しみだな」と、ショキーはつぶやきました。

ショキーのおじいさんは、孫《まご》の顔を見てどうようしました。

ホールに残《のこ》っていたベニーは窓《まど》を開《あ》けて、テーオドールじいちゃんの顔に照明《しょうめい》をまっすぐに当てました。その瞬間《しゅんかん》、ベニーは思いました。目の前にいる老人《ろうじん》が、映画《えいが》「サンチョ　パート2　ゴールドと死《し》の追跡《ついせき》」に登場《とうじょう》する、金どろぼうのひとりにそっくりだと。

「まるで映画《えいが》の世界《せかい》ね！」ヘンリエッタも窓台《まどだい》の上でわくわくしています。

ショキーのおじいさんは、深呼吸《しんこきゅう》を一回《かい》してから言いました。「さがし物《もの》をしているんだ」そして、おじいさんはうかぬ顔で芝生《しばふ》を見つめました。芝生《しばふ》は、照明《しょうめい》の色のせいで、月の表面《ひょうめん》のようです。「だが、見つからないんだ」

生徒《せいと》たちは、立ちすくんでいる五人の男にさらにつめよりました。

「おや、そんなこととは思わなかったなあ。で、なにをさがしているんだ？　宝物《たからもの》か？」サイラスは生意気《なまいき》な口をききました。

「金のかたまり？」ジョーは言いそえました。

「宝石《ほうせき》か？」だれかがさけびました。

そこで、口ひげをぼうぼうにはやした背《せ》の低《ひく》い男の人が自己紹介《じこしょうかい》をしました。

「わたしの名前はシュミットヒェンです。すべてお話しするので、中へ入らないかね？　それと、明かりを消《け》してもらえるかな？」シュミットヒェンさんはまぶしそうに目の前に片方《かたほう》の手をかざしました。「まるで犯罪人《はんざいにん》あつかいだな」

「だって、そうじゃないんですか？」と、マックスがおしだすように声を出しました。「学校をぶちこわしているじゃないですか！　ぼくらの校舎《こうしゃ》がたおれそうになっているんですよ！」

コーンフィールド先生は時計《とけい》に目をやりました。「発表会《はっぴょうかい》の開演《かいえん》時間まで、もうあまり時間がないわ。さあ、中へ入りましょう！」

みんなはひそひそ話しながら、ひしめき合ってホールに入りました。穴騒動《あなそうどう》の犯人《はんにん》が、どこにでもいそうなふつうの老人《ろうじん》グループなのにがっかりしている生徒《せいと》たちもいました。

ホールに入る前に、男たちは礼儀《れいぎ》正しく靴《くつ》についたどろをきれいに落《お》としました。そして、好《す》きな場所《ばしょ》に椅子《いす》を動《うご》かしすわろうとすると、コーンフィールド先生が、エヘン、と咳《せき》ばらいをしました。

「舞台《ぶたい》の上へ！」先生《せんせい》は命令《めいれい》しました。「ベニー、ショキー、スポットライト！」

さて、スポットライトの中で、五人の男は囚人《しゅうじん》のように一列《れつ》に並《なら》ばされています。男たちをとりまく魔法《まほう》の森がミステリアスに光っていました。

その瞬間《しゅんかん》、助《たす》けを呼《よ》ぶような、かん高い動物《どうぶつ》の声が聞こえてきました。

ジョーはぎょっとして目を見開きました。よく知っている声です！　ジョーは赤いビロードのマントをひるがえし、外へ飛《と》びだしました。

コーンフィールド先生も心配《しんぱい》そうな表情《ひょうじょう》をしています。先生は少《すこ》しの間ジョーのうしろ姿《すがた》を見守《みまも》っていました。それから、怒《いか》りに燃《も》える目で男たちをにらみつけました。ぎらぎら光る照明《しょうめい》がまぶしくて、男たちは顔の前に手をかざしました。

「ロビン・フッドと忠実《ちゅうじつ》な仲間《なかま》たち、前へ出てきてちょうだい！　警察《けいさつ》が来《く》るまでは、わたしたちの指示《しじ》にしたがってもらいます」コーンフィールド先生は大声で言いました。

「け、警察《けいさつ》だって？　まさか、わしらを警察《けいさつ》につきだすつもりかね？」ショキーのおじいさんは言いました。

「さあ、どうなるかしらね」と、コーンフィールド先生は冷《つめ》たく答えました。

衣装《いしょう》に身《み》を包《つつ》んだ生徒《せいと》たちが舞台《ぶたい》に登場《とうじょう》しました。生徒《せいと》たちは剣《けん》をぬき、男たちをぐるりととりかこみました。

すると、背《せ》の高い男の人が、不安《ふあん》そうに抗議《こうぎ》しました。「どういうことかね？」

「ルールはわたしたちで決《き》めるわ！　さあ、いいかげんに白状《はくじょう》なさい！　持《も》ち時間は八分よ！　スタート！」先生はきっぱりと言いました。

そこで、ショキーのおじいさんが語《かた》り始《はじ》めました。はじめは小さかった声が、しだいに大きくなっていきました。「話はちょうど六十年前にさかのぼる。当時《とうじ》、わしらはみんな」そこで、深《ふか》く反省《はんせい》しているような表情《ひょうじょう》で、左右に立っている男の人たちをさしました。「この学校の生徒《せいと》だった。きみらのようにね」おじいさんは孫《まご》の姿《すがた》をさがしました。けれども照明《しょうめい》がまぶしすぎて、客席《きゃくせき》にだれがすわっているのかわかりません。

コーンフィールド先生は指《ゆび》を高くあげました。「あと七分！」

ちょうどそのとき、ホールの大きなガラスのドアが開《ひら》きました。ジョーがもどってきました。ジョーと並《なら》んでユーリが歩いています。けれども、なにかがいつもとちがいます。ペンギンは足を引《ひ》きずっています。

「ユーリは池《いけ》で泳《およ》いでいたんだ。それで、池《いけ》から上がったときに穴《あな》に落《お》ちてけがをしたんだ！」ジョーははげしく怒《おこ》りました。今《いま》にも泣《な》きだしそうです。「これも、そこにいる連中《れんちゅう》のせいだ！　あんたたちがほった穴《あな》のせいだ！」ジョーはこぶしをにぎり、舞台《ぶたい》の方向《ほうこう》に手をのばしました。

「あの少年《しょうねん》は、なんのことを話しているのかね？」と、シュミットヒェンさんがとまどっています。

先生は、ロビン・フッドの仲間《なかま》リトル・ジョンが使《つか》う六尺棒《ろくしゃくぼう》で床《ゆか》をコツコツつきました。「あと六分三十秒《びょう》！」

つづきはシュミットヒェンさんが話しました。「その当時《とうじ》、そう、六十年前に、スポーツ大会があったんだよ。ぼくらは優秀《ゆうしゅう》な体操選手《たいそうせんしゅ》だったのさ」

ショキーとペペローニは驚《おどろ》いて顔を見合わせました。ここにいる人たちは、おじいさんの家の廊下《ろうか》の白黒写真《しゃしん》に写《うつ》っている人たちでしょうか？

「平行棒《へいこうぼう》、鉄棒《てつぼう》、あん馬《ば》。どの種目《しゅもく》をとっても、われわれの右に出る者《もの》はいなかった」と、シュミットヒェンさんは言いました。「ぼくらは達人《たつじん》だったのさ。だが、ある大会で、ぼくらをしのぐ選手《せんしゅ》があらわれた。それはもうたいへんすぐれた選手《せんしゅ》で、ぼくらはものも言えないほどびっくりしたさ」

ペペローニは、そらきたと言わんばかりにブーブーとうなりました。ショキーも胸《むね》の前で腕組《うでぐ》みし、それがだれなのか、答えを待《ま》っていました。ショキーは予《よ》感《かん》していました。その人とは、万能人間《ばんのうにんげん》テーオドールじいちゃんだと。ところが、それは思いちがいでした。

「その少年《しょうねん》の名前はグスタフ。彼《かれ》の親友《しんゆう》だったんだ」と、シュミットヒェンさんは言って、となりの男の肩《かた》をたたきました。「このテーオドールのね。ところが、このテーオドールときたら、まったくの運動《うんどう》オンチでね」

ショキーのおじいさんはゴホゴホと咳《せき》をし、むせそうになりました。

「それは、穴《あな》のこととはなんにも関係《かんけい》ないじゃないか」と、テーオドールじいちゃんはぶつぶつ言いました。

ショキーは今《いま》、耳にしたことが信《しん》じられませんでした。そして、ホール中《じゅう》にひびきわたる声で言いました。「じいちゃん！　この、ウソつき！」

みんなはいっせいに、ショキーのほうを見ました。

テーオドールじいちゃんは、どうしたらいいのかわからず肩《かた》をすくめました。

「あと五分！」コーンフィールド先生は大きな声で言いました。「みなさんのごりっぱな子ども時代《じだい》の思い出話は、危険《きけん》な穴《あな》の説明《せつめい》にはなっていませんよ。もうたくさんです！　生徒《せいと》たちには、これから演劇《えんげき》の発表会《はっぴょうかい》が待《ま》っているんです。ロビン・フッド、この悪党《あくとう》どもをとっちめてやりなさい！」

そのとき外から、一台目《だいめ》のバスがゆっくり入ってくる音が聞こえてきました。

イーダとラバットは、窓《まど》の外を見ました。老人《ろうじん》ホームの一行《いっこう》がバスからおりて、ゆっくりとホールの入り口に向《む》かって歩いてきます。

イーダは助《たす》けを求《もと》めてきょろきょろしました。すると、シベルとハティスが劇《げき》のパンフレットのたばをつかみ、外に走《はし》っていきました。これで客《きゃく》を引《ひ》きとめ、時間かせぎをしようというわけです。

「さあ、ロビン・フッド！」コーンフィールド先生はもう一度《ど》呼《よ》びました。

アンナ・レーナはためらっていました。

カスパーはアンナ・レーナをつつき、はげましました。**「きみはロビン・フッドだ！ 正義《せいぎ》のためにたたかうんだ！」**カスパーは大きな声で言いました。

アンナ・レーナは決心《けっしん》すると、剣《けん》をかたくにぎって、五人の男たちにせまりました。

「いいかげんに白状《はくじょう》しろ！」アンナ・レーナは怖《こわ》い顔で、うなるように言いました。その迫力《はくりょく》に、男の人たちは身《み》をすくめました。生徒《せいと》たちも驚《おどろ》いて、アンナ・レーナを見つめています。

シュミットヒェンさんはあわてててつづきを話しました。

「もちろん、グスタフはあのときの大会で優勝《ゆうしょう》したんだ。どの種目《しゅもく》でもぬきんでていて、金メダルを獲得《かくとく》した。でも、そのメダルをなくしてしまったんだ」

「で、おまえたちは今《いま》、そのメダルをさがしているのか？」と、アンナ・レーナは大声で言い、剣《けん》を高くあげました。

「そのとおり」テーオドールじいちゃんは、ふたたび発言《はつげん》しました。「わしがあのときメダルを校庭《こうてい》にうめてしまったんだ」ショキーのおじいさんは床《ゆか》を見つめました。「グスタフのことをねたんでいたんだ。グスタフのように、運動《うんどう》が得意《とくい》になりたかったんだよ」

ショキーはつばをのみこみました。おじいさんのことをはずかしいと思いました。ペペローニはショキーの足をしめった鼻先《はなさき》でつついてなぐさめました。

カスパーは、アンナ・レーナの耳元《みみもと》でなにやらささやいています。すると、アンナ・レーナはするどい目つきで、テーオドールじいちゃんをにらみつけました。「それで、そのメダルをどうするつもりだ。六十年もたった今《いま》になって！」アンナ・レーナはたずねました。

シュミットヒェンさんは口ひげをつまみ、説明《せつめい》しました。「グスタフは今《いま》、病《びょう》院《いん》にいるんだよ。脳《のう》の病気《びょうき》なんだ。発作《ほっさ》でたおれ、それから歩けなくなってしまったんだ。リハビリをして、歩く訓練《くんれん》をしなければならないのに、本人にはその気がない」

「グスタフは、とても意地《いじ》っぱりなんだよ」と、テーオドールじいちゃんは言いました。「ずっと自分《じぶん》のことをあわれんでばかりで、立とうとしないんだ。そんなことでは元気にならない」テーオドールじいちゃんは、悲《かな》しそうな顔をしました。

アンナ・レーナの声がやわらぎました。「その金メダルがあれば、なにかを変《か》えられるのだな？」

「あと一分！」コーンフィールド先生がさけびました。

「メダルをさがしだして、病院《びょういん》にいるグスタフにとどけてやりたいんだよ」と、シュミットヒェンさんが早口で言いました。「スポーツ選手《せんしゅ》として、もっともかがやいていた時代《じだい》の記憶《きおく》が、グスタフを元気づけ、訓練《くんれん》を始《はじ》めるきっかけになってくれたらいいと思っているんだ」

「悪《わる》くないアイデアだ」と、ロビン・フッドはつぶやきました。

「時間です！」と、コーンフィールド先生は言いました。

ドアが開《ひら》き、ホールに観客《かんきゃく》がなだれこんできました。

発表会《はっぴょうかい》

テーオドールじいちゃんとシュミットヒェンさんとほかの三人の男たちは、よろめきながら舞台《ぶたい》をおり、ロビン・フッドと仲間《なかま》たちは、舞台裏《ぶたいうら》へと姿《すがた》を消《け》しました。ホールの時計《とけい》は、午後《ごご》七時二分をさしています。

「さあ、始《はじ》まるぞ！」ベニーはヘンリエッタにささやきました。

「先生のカイサツ」小さなカメはライトのスイッチを入れました。

ライトはちょうどいいタイミングで光をはなちました。

舞台《ぶたい》の上で、コーンフィールド先生がほほえんでいます。先生の姿《すがた》からは、きんちょうが走《はし》ったこの十五分間のできごとは、まったく感《かん》じられません。

「みなさま。本日はヴィンターシュタイン学校へ、ようこそおいでくださいました。こうして、みなさまにごあいさつできるのを、たいへんうれしく思います。これから、ノッティンガムの勇気《ゆうき》ある義賊《ぎぞく》、ロビン・フッドの冒険《ぼうけん》を上演《じょうえん》いたします！」先生はおごそかに言いました。

ミリアムがバイオリンをあごに当てて弾《ひ》き始《はじ》めると、最前列《さいぜんれつ》にすわっている何人かの老婦人《ろうふじん》が、幸《しあわ》せそうにため息《いき》をつきました。

アンナ・レーナは、これまでに学校でもよおされた発表会《はっぴょうかい》の中で、もっともすばらしい演技《えんぎ》をひろうしました。そんなアンナ・レーナの迫力《はくりょく》が、ほかの生徒《せいと》たちにも火をつけて、みんなは自由自在《じゆうじざい》に武器《ぶき》をあやつり、カチャカチャと剣《けん》の音をたててたたかいました。リトル・ジョンが金持《かねも》ち男爵《だんしゃく》の喉《のど》に剣《けん》をつきつけると、観客《かんきゃく》ははっと息《いき》をのみました。男爵役《だんしゃくやく》のジョーは、剣《けん》をつきつけられて青ざめています。けれどもジョーにとっては、そんな演技《えんぎ》もお安《やす》いご用《よう》。さっきユーリがけがをしたときに、ぎょっとさせられたあの感覚《かんかく》が、まだ体に残《のこ》っていたからです。首《くび》のケチャップの血《ち》も、本物《ほんもの》のように見えました。

ロビン・フッドの恋人《こいびと》、乙女《おとめ》マリアン役《やく》のルナは、イーダの両親《りょうしん》が経営《けいえい》してい

る美容室《びようしつ》エルフリーデで、とてもすてきな髪形《かみがた》にしてもらいました。ひだかざりのついた、青みがかったうすい灰《はい》色の、くるぶしまであるロングドレスを身《み》にまとったルナは、うっとりするほどきれいです。エディが大げさにキンキン声をあげて女官《にょかん》を演《えん》じたときには、舞台裏《ぶたいうら》の人たちまでが大笑《おおわら》いしました。そして、コック役《やく》のヘレーネが勢《いきお》いをつけてフライパンをゆすって卵《たまご》を引《ひ》っくりかえすと、客席《きゃくせき》からは大きな拍手《はくしゅ》が巻《ま》きおこりました。

こうして発表会《はっぴょうかい》は、大成功《だいせいこう》におわり

ました。観客《かんきゃく》の拍手《はくしゅ》は鳴《な》りやみません。

アンナ・レーナはカーテンコールを受《う》けて、なんども舞台《ぶたい》に出てきてはお辞儀《じぎ》をしました。けれども、アンナ・レーナの肩《かた》に小さな動物《どうぶつ》がすわっているのに気づいた人はいませんでした。カスパーは自分《じぶん》のパートナーをとてもほこらしく感《かん》じていました。カスパーは青と緑《みどり》のしまもようになり、アンナ・レーナの耳をなんどもかじりました。


発表会《はっぴょうかい》が終《お》わり、ショキーが照明器具《しょうめいきぐ》を地下室《ちかしつ》に運《はこ》ぼうとしていると、うしろから肩《かた》をたたかれました。

「話をしたいんだが、時間があるかな？」テーオドールじいちゃんです。

ショキーはびくっとし、照明《しょうめい》を下へおろしました。

「どうしてもって言うなら」と、ショキーはぼそっと言いました。

ペペローニはすぐにショキーのそばにやってきて、足にもたれて言いました。

「心配《しんぱい》するな、おいらがついているよ」

テーオドールじいちゃんとショキーは、落《お》ちついて話せる場所《ばしょ》をさがしました。そして、ふたりは舞台裏《ぶたいうら》にある城《しろ》のキッチンのセットの中にすわりました。ぺぺローニはテーブルの下でうずくまり、ショキーの靴《くつ》ひもをかじっています。

「すまなかったな。あんなに強制《きょうせい》したりして」テーオドールじいちゃんは話し始《はじ》めました。「そんなつもりはなかったんだよ」

「そんなつもりって、どんなつもりだよ」すると、ショキーの口から言葉《ことば》があふれだしました。「じいちゃんは、ぼくのことをちっとも気にかけてくれなかったじゃないか！」ショキーは腹《はら》を立てて、椅子《いす》をガタガタゆすりました。「毎晩《まいばん》、姿《すがた》を消《け》して、ぼくをひとりぼっちにしたじゃないか。気持《きも》ち悪《わる》いジュルツェを食べさせられて、むりやり台本《だいほん》を覚《おぼ》えさせられたんだぞ。自分《じぶん》はちっとも有名《ゆうめい》じゃないくせに、そうだろう？」ショキーは目をぎらぎらさせて、おじいさんを見すえました。

「そうか、それも知っているのか」おじいさんはため息《いき》をつき、顔を赤らめました。「まあ、そのほうがいいな」それから、おじいさんは、自分《じぶん》の人生《じんせい》はなににおいてもずっと平凡《へいぼん》だった、とショキーにうちあけました。「わしはできそこないのスポーツ選手《せんしゅ》で、ダイコン役者《やくしゃ》だった」

「でも、ほらをふくのだけはたいしたもんだ！」ショキーは思わず言いました。

「そうだな」おじいさんは深《ふか》く反省《はんせい》しています。「おまえがこの短《みじか》い間につくりあげたものは、すばらしい！　照明《しょうめい》の当て方《かた》は一流《いちりゅう》だし、舞台《ぶたい》のすみずみまで心《こころ》がこもっていた……」おじいさんはショキーの目を見ました。「たいした腕前《うでまえ》だ。おまえには、とても大きな可能性《かのうせい》がある！　おまえになら、どんなこともできる！　どんな主役《しゅやく》でも手に入れられるぞ。わしにはわかる！」

「ぼくの人生《じんせい》だ。なにをするかは、ぼくが自分《じぶん》で決《き》める。ぼくは、みんなの注目《ちゅうもく》を集《あつ》める役《やく》より、照明係《しょうめいがかり》でいるほうがいい。じいちゃんの忠告《ちゅうこく》なんかいらないよ」

ショキーはいらいらして、大きな声を出しました。

テーオドールじいちゃんは、大きく息《いき》をはきだしました。「ごめんよ。これからは、わしはなにも言わずに、おまえの言うことを聞いているほうがよさそうだな」

「それはいい考えだ」と、テーブルの下で声がしました。

ショキーは立ちあがりました。「おいで、ペペローニ。行くぞ」

テーオドールじいちゃんは顔をあげました。「ペペローニ？　だれのことだい？」

ショキーは足をもつれさせながら、外へかけだしました。どうしても、新鮮《しんせん》な空気《くうき》をすいたかったのです。ペペローニも早足で追《お》いかけました。

「どうしてあんなことをするんだ」ショキーは怒りのあまり地面をけりました。

「どうしていつも、ぼくがなにをすべきか、指図《さしず》するんだ？　それに、ほんとうはそうではなかったくせに、自分《じぶん》はこうだったなんて、うそをつく。どうしてだ？　ずっとうそをつくなんて、つかれるだけじゃないか！」

ペペローニは息《いき》をはきだし、言いました。

「思うんだけど、おじいさんは気の毒《どく》な人だよ。おじいさんは、きみのようには強《つよ》くないんだ。それに、うそをついたことを反省《はんせい》しているじゃないか。自分《じぶん》を変《か》えようとしているよ」

ショキーは息《いき》をはずませました。

「おじいさんのいいところをあげてごらんよ」と、ペペローニはショキーにすすめました。

はじめ、ショキーにはなにも思いうかびませんでした。そして、しばらく考えてから言いました。「グスタフさんのメダルをさがそうとしていること。それはいいことだと思う」

ペペローニはうなずき、提案《ていあん》しました。**「いっしょにメダルをさがそうよ。金メダルのにおい、おいら、よく知ってるよ」**

ショキーはゆっくりうなずくと、ためらうように言いました。「そうだな。いっしょにさがしたほうがいいのかもしれないなあ」

アカカワイノシシは、さっそく鼻先《はなさき》を地面《じめん》につけるようにして、歩きだしました。**「ここにはなにもない」**ペペローニは伝《つた》えると、さらに数歩《すうほ》前に進《すす》みました。

「ここにもないぞ」

やがて、ショキーとペペローニは校舎《こうしゃ》をぐるりと一周《しゅう》しました。ショキーの気《き》持《も》ちは少《すこ》しばかり楽《らく》になっていました。新鮮《しんせん》な空気《くうき》をすったおかげで、リラックスできたのです。

こうして校庭《こうてい》をさがしまわり、残《のこ》された場所《ばしょ》は一か所《しょ》だけとなりました。それは、ヴォンドラチェクさんが世話《せわ》をしているコンポスト*の山です。

まさしくその場所《ばしょ》で、小さなアカカワイノシシは立ちどまりました。

「ここだ！　ここにメダルがある」ペペローニは知らせました。

「げえっ！　まちがいないの？」ショキーは半分くさった土の山を

ながめながら、鼻《はな》にしわをよせました。

ペペローニはほこらしげにうなずきました。「百パーセントさ」

「そうか、たいした自信《じしん》だね。それじゃあ、みんなを呼《よ》んでくるよ」と、ショキーは言いました。

ホールには、ベニーとヘンリエッタ、それに、アンナ・レーナとカスパーがいました。ベニーとアンナ・レーナは電気《でんき》コードを巻《ま》きながら、宇宙人《うちゅうじん》について語《かた》り合っていました。イーダとラバットは衣装《いしょう》を整理《せいり》していました。ジョーはトイレで、ユーリのくじいた足を冷《つめ》たい水道水《すいどうすい》で冷《ひ》やしているところでした。けれども、ミリアムの姿《すがた》がありません。

ショキーの知らせを聞いた生徒《せいと》たちは、さっそくショキーを追《お》いかけました。ユーリも、片足《かたあし》を引《ひ》きずりながら、あとについてきます。みんなは物置小屋《ものおきごや》からシャベルをとってきました。穴《あな》うめ作業《さぎょう》をなんども手伝《てつだ》っていたので、シャベルを使《つか》うのはお手のもの。そして、力を合わせてコンポストの山をどんどんどかし

＊**コンポスト**：果物《くだもの》や野菜《やさい》、草花や木くずなどの生ごみから作《つく》った肥料《ひりょう》。

ていきました。

「くせえなあ！」ジョーが怒《おこ》っています。

ユーリも悪臭《あくしゅう》をはなつ土の山を見て、ひどくいやそうな顔をしています。片方《かたほう》の足をそっと中に入れたものの、すぐに池《いけ》に洗いに行ってしまいました。

「残念《ざんねん》だけど、手伝《てつだ》えないよ。足が痛《いた》くて」と、ユーリはジョーに言いました。

ジョーは同情《どうじょう》してユーリの頭をなでました。

ペペローニはクンクンにおいをかぎました。「もっと深《ふか》く。もっと深《ふか》くほるんだ！」アカカワイノシシは気合を入れました。

そのとき、暗《くら》がりで影《かげ》が動《うご》き、みんなはびっくりして大声をあげました。

影《かげ》の正体《しょうたい》はミリアムです。首《くび》には大きなヘビが巻《ま》きついています。

「アシャンティ！」イーダはさけびました。

「茂《しげ》みの中で見つけたの。これで、わたしもふしぎな動物《どうぶつ》が飼《か》える」ミリアムはほこらしげに答えました。

ブラックマンバは舌《した》をちょろちょろ出しています。

「でも、アシャンティには毒《どく》があるのよ！」アンナ・レーナもぎょっとしています。

「だいじょうぶ。わたしにはなにもしないから」ミリアムはほほえみました。

「アシャンティの言《い》うことがわかるの？」ベニーは興味津々《きょうみしんしん》にたずねました。

「まだわからない。でも、じきにわかるようになるわ！」ミリアムは答えました。

それから一時間後《ご》、コンポストの土はすべてとりはらわれました。みんなはくたくたになって、シャベルをおきました。

「さて、これから先は細《こま》かい作業《さぎょう》ね。こんどはあなたたちの出番《でばん》よ！」

イーダとショキーは、動物《どうぶつ》たちに指示《しじ》しました。

ショキーは心《こころ》の中で応援《おうえん》しました。土をどかした努力《どりょく》がむだにならなければばいいのですが。

キツネのラバットは右側《がわ》から、アカカワイノシシのペペローニは左側《がわ》からほりました。土がうしろに飛《と》んでいきます。動物《どうぶつ》たちはときどき足を止《と》めては一息《ひといき》ついて、ふたたびほりかえすので、まるで二匹《ひき》の動物《どうぶつ》が穴《あな》ほり競争《きょうそう》をしているようです。

「急《いそ》げ、急《いそ》げ！　もっと早く！」イーダはラバットをあおりました。

そして、とうとうメダルを見つけたのはペペローニでした。くちかけたリボンがペペローニの足にからまっています。リボンにはどろまみれになった丸い金属《きんぞく》のかたまりがついていました。

「ペペローニ、きみが見つけたんだ！　ありがとう！」と、ショキーはささやき、ペペローニをだきしめました。

「これを見たら、じいちゃん、喜《よろこ》ぶぞ！」ショキーの顔《かお》がぱっとかがやき、幸《しあわ》せそうな表情《ひょうじょう》になりました。「さあ、メダルをきれいにしよう」

そこでアシャンティは頭をのばし、メダルについた土をなめようとしました。

けれども、ミリアムが止《と》めました。

「だめよ。毒《どく》がついちゃうでしょ。おじいさんに毒《どく》を盛《も》るわけにはいかないわ」

「かしてみな。こんなこと、わけないさ」と、ペンギンのユーリが言いました。

そして、池《いけ》に向《む》かってよちよち歩いていくと、水に飛《と》びこみました。足が痛《いた》くて穴《あな》ほりはできなかったはずなのに、池《いけ》にちゃんと歩いていけます。ユーリがふたたび水の上に姿《すがた》をあらわすと、メダルは月明かりに照《て》らされて、金色にかがやいていました。

真夜中《まよなか》の話しあい

テーオドールじいちゃんと仲間《なかま》たちは、警察《けいさつ》につきだされないことを知り、ほっとしました。五人の男たちは、ホールでコーンフィールド先生のお説教《せっきょう》にじっとたえていました。

「みなさん、ほんとうに運《うん》がよかったですね。校長《こうちょう》先生と用務員《ようむいん》さんがこの場《ば》にいなくて。あのふたりがいたら、みなさんは刑務所送《けいむしょおく》りだったでしょうからね！」

その夜《よ》、用務員《ようむいん》のヴォンドラチェクさんは、舞台《ぶたい》のかたづけにはとうとうあらわれませんでした。

「穴《あな》をほってそのままにしておくなんて、いったいどういうつもりです？　危険《きけん》じゃありませんか」と、先生はしかりつづけました。

テーオドールじいちゃんは顔を赤らめました。「おや、そんなにひどいことですかね？　わしらには穴《あな》をうめる力が残《のこ》っていなかったんでね。それに、若者《わかもの》がちょっとくらい運動《うんどう》したって障害《しょうがい》にはならないと思ったんですよ」

コーンフィールド先生と生徒《せいと》たちはあきれかえりました。

「でも、それはまちがいでした。今《いま》の自分《じぶん》にはわかりますよ」と、テーオドールじいちゃんはあわてて言い足《た》しました。

ちょうどそのとき、ショキーたちがホールに入ってきました。ショキーのそばで、小さなアカカワイノシシが楽しそうにぴょこぴょこ飛《と》びはねています。もちろん、五人の男たちにはふしぎな動物《どうぶつ》は見えていません。男たちは、ショキーの手の先でぶらぶらゆれる、金色の丸い物《もの》に見入っていました。

「金メダルだ」五人の男たちは小声《こごえ》で言い、心《こころ》をふるわせました。

ショキーはメダルをテーオドールじいちゃんにわたしました。「はい、じいちゃん！　でも、グスタフさんにはすべてを正直《しょうじき》に話すこと。聞いてる？」ショキーはきびしい表情《ひょうじょう》でおじいさんの目の中をのぞきこみました。

テーオドールじいちゃんはうなずきました。「うそをつくのはもうおしまいだ」

おじいさんはメダルを受《う》けとると、表面《ひょうめん》をなでながらしみじみと言《い》いました。「なんてこった。あれからずいぶんと長いときがすぎたなあ。これを土にうめるなんて、わしは幼稚《ようち》でおろかな少年《しょうねん》だった。どこで見つけたんだい？」

「深《ふか》いところにあったよ。コンポストの下さ」と、ショキーは答えました。

「なんとまあ！　よく見つけてくれたな！　どうして、そこにあるってわかったんだ？」おじいさんは孫《まご》の肩《かた》をたたいてほめたたえました。

「魔法《まほう》の力さ」ショキーはひみつをうちあけました。「魔法《まほう》の力で教えてもらったんだよ」

生徒《せいと》と五人の男たちは、あしたの午後《ごご》二時に病院《びょういん》で落《お》ちあい、みんなでグスタフ老人《ろうじん》にメダルをとどける約束《やくそく》をしました。

コーンフィールド先生はほほえみました。先生は、穴《あな》ほりの犯人《はんにん》をだれにも話さない、と男たちに約束《やくそく》しました。そして男たちも、穴《あな》をきちんとうめてもとどおりにすると約束《やくそく》しました。そして月曜日には、専門家《せんもんか》に来てもらうことにしま

した。
それからみんなは、力を合わせて舞台《ぶたい》をかたづけました。
そのころ、用務員《ようむいん》のヴォンドラチェクさんは、自分《じぶん》の家《いえ》で安楽椅子《あんらくいす》にすわって、テレビの前でいびきをかいていました。

学校に、静《しず》けさがもどってきました。みんなは別《わか》れを告《つ》げて家《いえ》へ帰《かえ》りました。

学校に残《のこ》っているのは、コーンフィールド先生とイーダとミリアムだけです。先生は、イーダの両親《りょうしん》にあとでふたりを家《いえ》まで送《おく》ると、連絡《れんらく》を入れておきました。

三人は校門の前に立っていました。イーダは奇妙《きみょう》な気持《きも》ちにおそわれました。これからコーンフィールド先生のお説教《せっきょう》が始《はじ》まる、と思いました。しかも、怒《おこ》られるのは自分《じぶん》です！

ミリアムは、いつものようにのん気にバイオリンケースをぶらぶらゆらしています。コーデュロイのジャケットの下では、ヘビのアシャンティが体を温《あたた》めていました。

夜中《よなか》の十二時少《すこ》し前。ヴィンターシュタイン学校の校門の前にけばけばしい色のバスが止《と》まりました。

モリソンさんには、ミリアムのジャケットの下になにがかくれているのか、すぐにわかりました。

「なんてこった！　とんでもないことにならずにすんでよかった」モリソンさんはぼそっと言うと、ミリアムからそっとヘビをとりあげ、バスのドアを開《あ》けました。「まったく、おまえときたら、また逃《に》げだして！」モリソンさんは大きな声で言い、ドアをしっかりしめました。

「でも、わたしのふしぎな動物《どうぶつ》よ！」ミリアムはさけびました。

コーンフィールド先生はくたびれきった表情《ひょうじょう》でミリアムを見ました。先生は、とても眠《ねむ》そうに見えます。

「ということは、あなたは知っていたのね」と、コーンフィールド先生はミリアムに言いました。

ミリアムとイーダは、うなだれました。

「でも、アシャンティを見つけてくれたんだ。とても勇敢《ゆうかん》な少女《しょうじょ》だよ」と、モリソンさんは言いました。

「そうかしら？　勇気《ゆうき》があるの？」先生はみけんにしわをよせました。

ミリアムはあいかわらず目をふせています。そもそも、アシャンティが逃《に》げだしたのは自分《じぶん》のせいです。でも、それはだまっていたほうがいいと思いました。

コーンフィールド先生はイーダに向《む》き直《なお》りました。「ずっと前からわかっていたわよ。あなたがひみつをもらしてしまったことをね」先生は、何秒間《なんびょうかん》かなにも言わずにイーダを見つめ、それから話をつづけました。「約束《やくそく》を守《まも》らない人は、ふしぎな動物《どうぶつ》を持《も》つ資格《しかく》はありません」

先生の言葉《ことば》に、イーダは雷《かみなり》にうたれたようなショックを受《う》けました。

「そんな。お願《ねが》いです！　どうか、とりあげないでください！」イーダは、口をぱくぱくさせながら、苦《くる》しそうに言いました。目からなみだがこぼれ落《お》ちます。ラバットのいない人生《じんせい》なんて、想像《そうぞう》できません！「わたしとラバットは与《あた》えあうためにいるんです」イーダはしゃくりあげて泣《な》きだしました。「先生だって、そうおっしゃいましたよね！ ごめんなさい！ お願《ねが》いですから、はなればなれにしないで！ ほんとうにごめんなさい！」イーダは絶望的《ぜつぼうてき》な目でモリソンさんを見ました。

ラバットは、イーダにぴたりとよりそい、ふるえています。イーダをなぐさめる言葉《ことば》も見つかりません。パートナーを失《うしな》うことへの不安《ふあん》のあまり、ラバットはすっかり元気をなくしてしまいました。

コーンフィールド先生は、モリソンさんをわきへ引《ひ》っぱりました。「相談《そうだん》しましょう」

コーンフィールド先生とモリソンさんは、ひそひそ話し合っています。イーダはしゃがみこんでしまいました。ラバットはイーダの腕《うで》に飛《と》びこみました。イーダはラバットをぎゅっとだきしめ、やわらかい毛皮《けがわ》の中に顔をうずめました。なみだが止《と》まりません。

「これでおしまいさ、赤毛ちゃん」ラバットはクンクン鼻《はな》を鳴《な》らしました。

悲《かな》しみのあまり、イーダの口からは言葉《ことば》が出てきません。イーダは、はげしく泣《な》くばかりでした。

ミリアムは、こみあげるなみだがあふれださないよう、必死《ひっし》にこらえていました。イーダのためにもへこたれたくありません。ミリアムは、悲《かな》しそうに親友《しんゆう》の肩《かた》に手をおきました。

先生とマジック動物《どうぶつ》ハウスの主人《しゅじん》は五分間にわたって話し合いました。はてしなく長い時間に感《かん》じられました。

そして、コーンフィールド先生がもどってきました。

はじめに、先生はミリアムに向《む》かって言いました。「あなたはアシャンティを見つけてつかまえてくれたわね。それは、ほんとうに勇気《ゆうき》のあることね。それに、ふしぎな動物《どうぶつ》のひみつもだれにももらさなかったわ。これは高く評価《ひょうか》するわ。あなたはとってもおしゃべりなのにね！　だから、あなたには、罰《ばつ》を与《あた》えないことにしました。アシャンティのことに関《かん》しては……」

ミリアムは期待《きたい》に胸《むね》をふくらませて顔をあげました。「はい？」と、ミリアムは聞きとれないほど小さな声で言いました。

「残念《ざんねん》ですけど、あなたとアシャンティはいっしょにはいられないわ。あなたたちは会話《かいわ》ができないでしょ。それは、パートナーではないということよ」

モリソンさんは、すまなそうにうなずきました。

「でも、いつか話せるようになるかもしれません！」と、ミリアムはおずおずと言い返《かえ》しました。

コーンフィールド先生はなにも答えませんでした。代《か》わりにミリアムの肩《かた》をなでて、なぐさめました。

それから、先生はイーダを見ました。「イーダ、あなたは約束《やくそく》を破《やぶ》ったわね。もう二度《ど》とそんなことをしてはだめよ」

イーダはくちびるをかんで、はげしく首《くび》をたてにふりました。

「でも、ひみつは校長《こうちょう》先生の耳にはとどいていないわ。運《うん》がよかったわね！」先生は静《しず》かに言いました。「それは、わたしにとっても幸運《こううん》なことよ」それから先生は、きりっとした声で言いました。「そういうわけで、あなたにも罰《ばつ》を科《か》さないことに決《き》めました」

こうして、話はすべておわりました。

イーダは無言《むごん》でラバットの体をくりかえしなでながら、幸《しあわ》せをかみしめました。そして、腕《うで》の中で忠実《ちゅうじつ》なパートナーが全身《ぜんしん》をふるわせているのを感《かん》じました。一方《いっぽう》、ラバットは、イーダの手がとても冷《つめ》たくなっていると感《かん》じていました。

最終章《さいしゅうしょう》

日曜日の朝。ミリアムはカバンに荷物《にもつ》をつめ始《はじ》めました。夕方《ゆうがた》に、お母さんがむかえに来るからです。ストライプのタイツ、青いニットのプルオーバー、ジーンズのスカート。すべてがカバンの中にしまわれました。

イーダは、荷作《にづく》りをするミリアムを見守《みまも》っています。物悲《ものがな》しい気分になり、胸《むね》がちくりと痛《いた》みました。ミリアムを、バイオリンの音楽を、そして、眠《ねむ》りにつくときに、いつもいいにおいがしていたミリアムのシャンプーの香《かお》りを、恋《こい》しく思うことでしょう！

イーダは、横《よこ》にいるラバットにちらりと目をやりました。ラバットがいてくれてよかった！　それはとてもすてきなこと！　と、心から思いました。ふたりの仲《なか》をさけるものなど存在《そんざい》しないと、イーダは確信《かくしん》していました。

その日の午後《ごご》、みんなは約束《やくそく》どおり、病院《びょういん》に集合《しゅうごう》しました。ショキーとペペローニとテーオドールじいちゃんが歩いてきました。三人ともとても満足《まんぞく》しているように見えます。ショキーは真《ま》っ赤《か》なリボンを持《も》っています。リボンの先で、金メダルがぶらぶらとゆれています。ショキーの顔にはジャムがついていました。いつもの、もそもそとしたパンではなく、焼《や》きたての白パンを食べさせてもらったのでしょうか？

「グスタフはこのメダルを覚《おぼ》えているかなあ？」と、シュミットヒェンさんは興《こう》奮《ふん》しながら言いました。

生徒《せいと》たちもわくわく、ドキドキしています。みんなはふしぎな動物《どうぶつ》たちを引《ひ》きつれて、病院《びょういん》の白い廊下《ろうか》を歩いていきました。なにしろ、グスタフ老人《ろうじん》がメダルを手にしたのは、六十年前のほんの短《みじか》い間だけで、その後《ご》は一度《ど》も目にしていないのです。メダルがグスタフ老人《ろうじん》にいい影響《えいきょう》を与《あた》えてくれるよう、みんなは心《こころ》から願《ねが》っていました。

「鼻《はな》がツンツンするよ！」と、ラバットはうなりました。

つきさすような消毒液《しょうどくえき》のにおいに、イーダも顔《かお》をしかめました。

病室《びょうしつ》に入《はい》ると、グスタフ老人《ろうじん》は窓《まど》のほうへ顔を向《む》けていました。

「グスタフ、こんにちは！　わしたちだよ」と、シュミットヒェンさんがあいさつをすると、グスタフ老人《ろうじん》は顔を動《うご》かし、訪問客《ほうもんきゃく》を見ました。

ショキーはびっくりしました。テーオドールじいちゃんの親友《しんゆう》は、弱々《よわよわ》しく、青白い顔をしています。けれども、メダルを見た瞬間《しゅんかん》、血《ち》の気《け》のなかった老人《ろうじん》の顔に生気がもどってきました。グスタフは、心《こころ》を落《お》ちつけようとしました。そして、目をかがやかせてたずねました。「これは……どこにあったんだ？」

ショキーはテーオドールじいちゃんといっしょに枕元《まくらもと》へ進《すす》み、身《み》をのりだして、グスタフ老人《ろうじん》の首《くび》にメダルをかけました。

テーオドールじいちゃんは赤いリボンをつまんで位置《いち》を直《なお》すと、一歩《ぽ》さがりました。

「とてもすてきだよ」と、テーオドールじいちゃんは満足《まんぞく》そうに言いました。それからおじいさんは、さげていた袋《ふくろ》の中を引《ひ》っかきまわして、古《ふる》い写真《しゃしん》を引《ひ》っぱりだしました。

「メダルは校庭《こうてい》にあったんだ。孫《まご》が見つけてくれたんだよ」

「きみのお孫《まご》さんが？」グスタフはショキーをじっと見つめました。

「たいした子じゃないか」

「ああ、そうさ。たいしたやつだよ」テーオドールじいちゃんはほこらしげに言いました。「その孫《まご》のことで、きみに話したいことがあるんだ……」そして、テーオドールじいちゃんは椅子《いす》をベッドに引《ひ》きよせました。

するとシュミットヒェンさんがショキーにそっと目くばせして、ささやきました。「グスタフは、きょうにでも歩き始《はじ》めるぞ」そして、ショキーの手にお

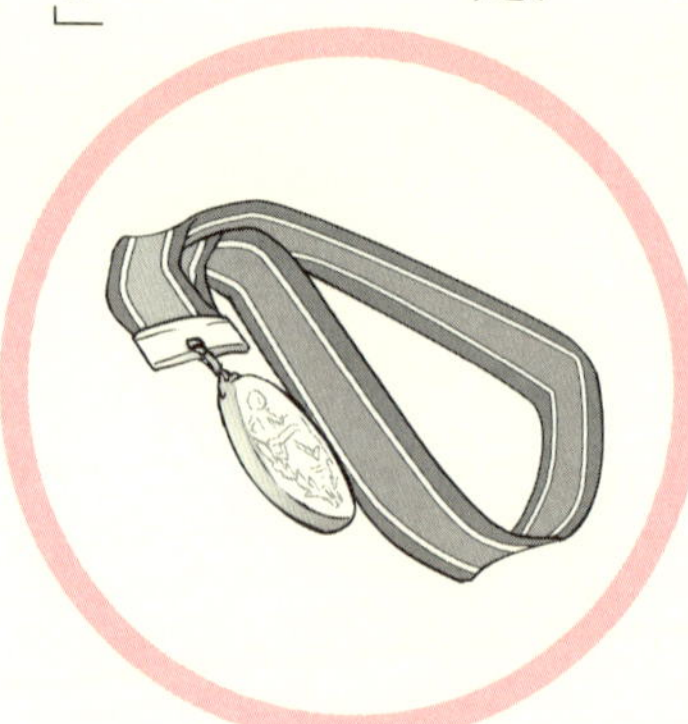

札《さつ》を一枚《まい》にぎらせました。「これでお友だちにアイスをごちそうしてあげなさい。さあ、みんな、外へ行った、行った！」

「デンキなウェイトレスさん、ぼしゅう中。おかしいわね」ヘンリエッタはアイスパーラーの広告《こうこく》を見ながら考えこんでいます。

ベニーはあきれて、くるりと目をまわしました。「ゲンキ、って読むんだよ、ヘンリエッタ。きみはちっとも覚《おぼ》えないなあ」

それから少《すこ》しすると、テーブルにアイスクリームの入ったカップが並《なら》べられました。

ユーリは、レモンアイスの入った深《ふか》いカップの中にくちばしをつっこみました。

「南極《なんきょく》とまったく同じ味《あじ》だ！」ペンギンはピチャピチャ音をたてて言いました。

ラバットは、イーダにスプーンで口に入れてもらったストロベリーアイスを楽しんでいます。「ノルウェーの森のヘビイチゴと同じくらいおいしいよ」と、キツネはほめました。

さて、ヘンリエッタはどうでしょうか？　カメはベニーにバナナアイスクリームを食べさせてもらっています。そして、「悪《わる》くない、まったく悪《わる》くない」と、ひとりごとをつぶやき、満足《まんぞく》していました。

ペペローニはショキーとチョコレート・ミルクシェイクをわけあっています。けれども、カップはあっという間《ま》にからっぽになってしまったので、さっそく二杯目《はいめ》をおかわりしました。

アンナ・レーナは、スパゲティアイス*を注文《ちゅうもん》しました。

「はい、どうぞ、わたしのプリンス」と、アンナ・レーナは言うと、深々《ふかぶか》とおじぎをしながら、カメレオンの口にウエハースを入れました。

「ありがとう、プリンセス！」カスパーはポリポリかじりました。すると、背中《せなか》の色が、世界《せかい》でもっとも美《うつく》しいウエハース色にかがやきました。

「ねえ、わたしにも、いつか、ふしぎな動物《どうぶつ》をもらえるチャンスがあると思う？」

ミリアムは小声《こごえ》でたずねました。

「あるかもしれないわね。モリソンさんとコーンフィールド先生がなにを考えているか、だれにも予想《よそう》できないから」と、アンナ・レーナは言いました。

やがて、ミリアムとの別《わか》れのときがやってきました。みんなはミリアムとだきあいました。ジョーはほかの人よりも長くミリアムをだきしめました。ふたりが電話番号《でんわばんごう》を交換《こうかん》していたのを、イーダは気づいていました。さて、人間《にんげん》の次《つぎ》は動《どう》物《ぶつ》です。ミリアムはヘンリエッタの頭をなで、ユーリの右の羽《はね》をにぎってあく手をし、カスパーの背中《せなか》のギザギザの突起《とっき》をなでました。そして最後《さいご》に、ペペローニの耳のうしろをかいてやりました。

「みんなといっしょにいられて、とっても楽しかった」と、ミリアムは言いました。

＊スパゲティアイス：お皿《さら》にスパゲティ状《じょう》にアイスクリームをしぼりだし、その上にストロベリーソースをかけたもの。ドイツの子どもに人気がある。

イーダとミリアムは、イーダの部屋《へや》の窓《まど》にまたがり、足をぶらぶらさせていま
す。片方《かたほう》の足は部屋《へや》の中に、もう片方《かたほう》の足は外に出ています。ラバットはベッド
の下に姿《すがた》を消《け》してしまいました。リビングルームでは、ミリアムのお母さんが、
イーダの両親《りょうしん》とおしゃべりをしています。
「わすれちゃだめよ。マジック動物《どうぶつ》ハウスのことはだれにもしゃべっちゃいけな
いんだからね」イーダは親友《しんゆう》をいましめました。
「わかってるって。約束《やくそく》するわ」ミリアムはそう言って、にこっとしました。「あ
なたもね！」
「最後《さいご》にもう一曲弾《きょくひ》く？」と、イーダはすすめました。
「気が進《すす》まないから、いいや」と、ミリアムは答えました。
　そのとき、ミリアムのお母さんの声が外から聞こえてきました。「ミリアム、
行くわよ！」

お別《わか》れに、ふたりの少女《しょうじょ》はだきあいました。そして、ミリアムは階下《かいか》へかけおりました。

ミリアムは車に乗《の》ると、イーダの部屋《へや》の窓《まど》に向《む》かって大声で言いました。

「ラバットによろしくね！　ラバットの鼻《はな》に、わたしの分もキスしておいてね！」

「ラバットって？　イーダは犬でも飼《か》っているの？」と、運転席《うんてんせき》のお母さんがたずねました。

「まあ、そんなようなもの」ミリアムはにこりとしました。

イーダは手をふって見送《みおく》りました。車がかどを曲《ま》がって見えなくなっても、ずっと手をふりつづけました。

「もう、やめてもいいんだよ」とつぜん、イーダのとなりで声がしました。ラバットです。ラバットは、イーダが悲《かな》しんでいるのを感《かん》じとり、イーダの手をなめました。**「散歩《さんぽ》に行かない？」**

「そうね、そうしましょう」と、イーダは答えました。

イーダとラバットは並《なら》んで歩きました。イーダはそのとき、ふしぎな動物《どうぶつ》がそばにいてくれるのを、とても幸《しあわ》せに感《かん》じました。これほどすてきなことがほかにあるでしょうか。

ジョーにはペンギンのユーリが、ショキーにはアカカワイノシシのペペローニが、アンナ・レーナにはカメレオンのカスパーがいてくれます。そして、ベニーには小さなかわいらしいカメのヘンリエッタがいます。

みんなは、自分《じぶん》を幸《しあわ》せにしてくれる、自分《じぶん》にぴったり合った動物《どうぶつ》をもらいました。

さて、次《つぎ》にふしぎな動物《どうぶつ》をもらうのは、だれなのでしょうね。

おしまいの話

モーティマー・モリソンさんは、バスが止《と》められる駐車《ちゅうしゃ》スペースをようやく見つけました。モリソンさんは不《ふ》きげんにバスをおりました。パリの街《まち》が好《す》きになれません。やかましくて、人も車も多すぎます。それに、動物《どうぶつ》の姿《すがた》もあまり見かけません。いるのはハト、イエネズミ、それに猫《ねこ》。猫《ねこ》はたくさんいます。この中に、人間《にんげん》の言葉《ことば》を話す猫《ねこ》もいるでしょうか？

モリソンさんは川岸《かわぎし》を散歩《さんぽ》しました。うず巻《ま》きの装飾《そうしょく》のついた街灯《がいとう》、せんれんされた服《ふく》を着《き》た人々、きらびやかな建物《たてもの》の壁《かべ》——そのすべては、モリソンさんの目には入りませんでした。岸辺《きしべ》には水鳥《みずとり》が一羽《わ》もいない、と、モリソンさんは悲《かな》しんでいました。その代《か》わり、きれいに毛をカットされた白いプードルが、これ見よがしにモリソンさんの目の前を通りすぎていきました。次《つぎ》にあらわれたのはアライグマ。アライグマが目の前をそそくさと歩いていきます。そして、モリソンさんをちらりと見上げました。モリソンさんは息《いき》を止《と》めました。けれども、アライグマはさっと走《はし》りさってしまいました。

とつぜん、モリソンさんはわれに返《かえ》りました。目の前に、エッフェル塔《とう》がそびえたっています。モリソンさんは塔《とう》を見上げ、目の前を飛《と》んでいくヨーロッパアマツバメを見《み》ていました。

「ミャオティマー（モーティマー）！」

モリソンさんはびくっとしました。足元《あしもと》に、黒いオス猫《ねこ》がすわっています。

「きみは、ラッキーだにゃあ。ぼくがバスに乗《の》ってやろう」

猫《ねこ》は右の前足をなめました。「カラヤンだ」猫《ねこ》は自己紹介《じこしょうかい》しました。「正確《せいかく》には、

〝フォン・カラヤン〟」

モリソンさんは頭をかきました。なんてえらそうなやつだ！　でも、そんなことは重要《じゅうよう》ではありません。マジック動物《どうぶつ》ハウスでは、どんなふしぎな動物《どうぶつ》でも、喜《よろこ》んでむかえられます。そして、このカラヤンも、いや失礼《しつれい》、フォン・カラヤン

もふしぎな動物《どうぶつ》の一員《いん》です。

「きみはパリの街《まち》の出身《しゅっしん》かな？」と、モリソンさんはていねいにたずねました。

「いかにも」猫《ねこ》はえらそうな態度《たいど》でうなずきました。「城《しろ》に住《す》んでいる。食事《しょくじ》は、毎日、最高《さいこう》の物《もの》しか出てこない。それでもそこを出たいのだよ」猫《ねこ》は、前足で遠くをさしました。「それも、一刻《こく》も早く」

E《イー》メール：ドイツ、ザールブリュッケン南《みなみ》、
アウトバーン・サービスエリアより送信《そうしん》

差出人《さしだしにん》：モーティマー・モリソン

宛《あて》　先《さき》：メアリー・コーンフィールド

ハイ！　メアリー！　家《いえ》に帰《かえ》るのが楽しみだ。
新しいふしぎな動物《どうぶつ》はとても手が焼《や》ける。
自分《じぶん》のことを、えらいと思っているんだ。
見かけはかわいらしいやつなんだけど。
とてもきれいな緑《みどり》の目《め》をした子だよ。
きょうの夜《よる》には帰《かえ》るよ。

ミャオティマーより

訳者《やくしゃ》あとがき

『コーンフィールド先生とふしぎな動物《どうぶつ》の学校』シリーズ第《だい》二巻《かん》、いかがでしたか？校庭《こうてい》に開《あ》いたふしぎな穴《あな》をめぐり、はらはらドキドキの物語《ものがたり》が展開《てんかい》されましたね。

本書《ほんしょ》では第《だい》一巻《かん》で予告《よこく》されたカメレオンと、アフリカの川辺《かわべ》に生息《せいそく》するアカカワイノシシという、めずらしい動物《どうぶつ》が登場《とうじょう》しました。わたしたちにはあまりなじみのない動物《どうぶつ》なので、どんなふうに人間《にんげん》と友だちになるのだろうと、ふしぎに思った人もいたでしょう。訳者《やくしゃ》のわたしもはじめは驚《おどろ》きましたが、物語《ものがたり》を読みすすめていくうちに、カメレオンとイノシシに対《たい》するイメージが大きく変《か》わりました。

カメレオンと聞いて、ころころ態度《たいど》を変《か》える人をイメージすることがありますが、ふしぎなカメレオンはちょっとちがいます。いつも前向《まえむ》きで、一歩《ぽ》ふみだす勇気《ゆうき》をふるいたたせてくれる、たよりになる存在《そんざい》です。そんなカメレオンのおかげで、アンナ・レーナは自分《じぶん》の中に眠《ねむ》っていたほんとうの姿《すがた》を発見《はっけん》し、好《す》きなときに好《す》きなように、自分自身《じぶんじしん》を表現《ひょうげん》することを学《まな》びました。

イノシシもまた、わたしたちにはそれほどよい印象《いんしょう》のない動物《どうぶつ》かもしれません。畑《はたけ》をはじめ、いたるところをほじくりかえしてしまう悪者《わるもの》のイメージが強《つよ》い動物《どうぶつ》ですが、穴《あな》ほり上手《じょうず》なふしぎなアカカワイノシシのおかげで、ショキーもおじいさんとの信頼《しんらい》関係《かんけい》を築《きず》きあげることができました。

イノシシは家畜化《かちくか》されたブタの先祖《せんぞ》で、山や森、人里《ひとざと》に近い平地《へいち》に生息《せいそく》し、地下茎《ちかけい》やイモや果物《くだもの》を好《この》んで食べる動物《どうぶつ》です。イノシシには土をほりおこす習性《しゅうせい》がありますが、これはエサをとるばかりでなく、森林《しんりん》をたがやす効果《こうか》もあると言われています。現在《げんざい》では、イノシシは害獣《がいじゅう》としてあつかわれ、狩《か》りによって数が調整《ちょうせい》されています。数がふえてしまった原因《げんいん》の一つに、天敵《てんてき》がいないことがあげられます。オオカミをテーマにした『動物《どうぶつ》と話せる少女《しょうじょ》リリアーネ』第《だい》七巻《かん》のあとがきでもふれましたが、オオカミが絶滅《ぜつめつ》したことで、自然《しぜん》のいとなみのバランスがくずれ、鹿《しか》やイノシシがふえすぎてしまい、農作物《のうさくぶつ》や植林《しょくりん》された木々が大きな被害《ひがい》を受《う》けるようになりました。こうして、イノシシは悪《わる》い動物《どうぶつ》、というイメージが定着《ていちゃく》してしまったのです。

ところで、本書《ほんしょ》に登場《とうじょう》するふしぎな動物《どうぶつ》たちと、それをもらう生徒《せいと》たちには、さまざまな共通点《きょうつうてん》がありますね。今後《こんご》、どんな動物《どうぶつ》が登場《とうじょう》するかも楽しみですが、だれがどんな動物《どうぶつ》をもらうのか、予想《よそう》するのも愉快《ゆかい》だと思いませんか？　本書《ほんしょ》の最後《さいご》でモリソンさんは、パリ出身《しゅっしん》の気高《けだか》い猫《ねこ》をバスに乗《の》せましたね。ちょっとえらそうなこの猫《ねこ》は、はたしてだれのパートナーになるのでしょうか？　第《だい》三巻《かん》もどうぞお楽しみに！

二〇一五年八月　　中村 智子

＊登場《とうじょう》している動物《どうぶつ》の生態《せいたい》については、じっさいとは異《こと》なります。

●著者紹介

マルギット・アウアー

ドイツ南部アイヒシュテット在住。長年ジャーナリストとして新聞社や通信社で働いたのち、現在は児童書作家として活躍中。作家の夫、3人の息子、猫とともに暮らしている。
ホームページ（ドイツ語）
http://www.autorenwerkstatt-aver.de

●訳者紹介

中村 智子

神奈川県生まれ。ドイツ語圏の児童文学を中心に、さまざまな分野の書籍紹介にとりくんでいる。訳書に「動物と話せる少女リリアーネ」シリーズ、「フローラとパウラと妖精の森」シリーズ、「動物病院のマリー」シリーズ（学研教育出版)、「アントン――命の重さ」（主婦の友社)、「つばさをちょうだい」（フレーベル館）他。

●イラストレーター紹介

戸部 淑（表紙・挿絵）

雑誌や書籍の表紙、挿絵、キャラクターデザインで活躍中。『新　妖界ナビ・ルナ』（講談社青い鳥文庫)、『人類は衰退しました』（小学館ガガガ文庫）など。鳥と動物が好き。

■ 装丁・本文デザイン／根本 泰子
書籍デザイン、イラストレーターとして活躍中。超猫好き。

コーンフィールド先生とふしぎな動物の学校 ❷
校庭は穴だらけ！

2015年11月3日　第1刷発行

著者　マルギット・アウアー
訳者　中村 智子
イラスト　戸部 淑

発行人　川田 夏子
編集人　小方 桂子
編集企画　川口 典子　校正　上埜 真紀子

発行所　株式会社 学研プラス
〒141-8415 東京都品川区西五反田 2-11-8

印刷・製本所　株式会社リーブルテック・株式会社大和紙工業・加藤製本株式会社

この本に関する各種お問い合わせ先

[電話の場合]
＊編集内容については ☎03-6431-1615（編集部直通）
＊在庫、不良品（落丁、乱丁）については ☎03-6431-1197（販売部直通）

[文書の場合]
〒141-8418 東京都品川区西五反田 2-11-8
学研お客様センター「コーンフィールド先生とふしぎな動物の学校」係
＊この本以外の学研商品に関するお問い合わせは ☎03-6431-1002（学研お客様センター）